MALIA DELRAI

Quiseria Vivir De ti

Placer ruso vol. 2

Novela

Quisiera vivir de ti
Copyright © 2022 Malia Delrai.
Cover art and design by Circecorp Design.
Traducción: Tra Parole.
All rights reserved.

Todos los derechos están reservados, incluido el derecho de reproducción total o parcial en cualquier forma. Este libro es una obra de fantasía. Cualquier parecido a personas reales, vivas o muertas, empresas comerciales, eventos y lugares, es pura coincidencia.

Página en Facebook: https://www.facebook.com/maliaromance
Email: maliaromance@gmail.com

La vida es hermosa, amémosla,
Esta novela se la dedico a la Vida.
A la vuestra y a la mía.
Para que sea como una novela de ensueño.

CAPÍTULO 1

La detuvieron cuando alcanzó la puerta de embarque señalada en el boleto que Tatia le había comprado, poco antes de pasar los controles de seguridad. Hasta entonces todo había ido bien, con la única dificultad de tener que devolver las abiertas sonrisas de los auxiliares y el personal del aeropuerto. Su boca se había transformado en un trozo de hielo al que se le había vuelto imposible cualquier movimiento; un esbozo de sonrisa entonces, ni aún forzándose. Se encontraba a unos pocos pasos del avión que la llevaría de regreso a casa, con su familia, pero solo sentía una vaga sensación de náuseas y una infinita tristeza.

"Vamos, Selene, es ilógico. Deberías estar feliz de poder abrazar a tus padres nuevamente. Al menos intenta fingir que lo estás. Por fin dejarás atrás una terrible situación." Y a él, su Mr. Hielo, el hombre del que sentía que era completamente dependiente. ¡Dios, qué dolor en el pecho!

Acababa de ver un hueco libre en medio de un grupo de turistas parlanchines que esperaban para partir, cuando dos hombres elegantemente vestidos se le habían acercado, uno por la derecha, el otro por la izquierda, preguntando en inglés por su identidad. Al comienzo pensó que la habían descubierto, frustrando de ese modo su tentativa de regresar a Italia. Después de todo, llevaba un pasaporte falso en el bolsillo. Sin embargo, a continuación, un presentimiento hizo que cambiara de parecer: esos dos no tenían el aspecto de policías cuya intención era desenmascararla, más bien parecían dos tipos sombríos que no deseaban atraer la atención de la gente sobre ellos.

El más bajo la sujetó por un codo y la empujó hacia la izquierda, desviándola del camino hacia su recuperada libertad. Selene lo siguió sin protestar.

Lo fulminó con una mirada elocuente pero el sujeto no se inmutó y continuó forzándola a avanzar con su robusta presencia, demasiado apremiante. ¿Deseaba tal vez sofocarla con esa contextura de luchador de Wrestling? El otro lo precedía con una marcha decidida y expedita. Ni siquiera se tomó la molestia de mirarla cuando se giró entre las varias tiendas de colores brillantes que se encontraban antes de las puertas de embarque, completamente seguro de que su colega la mantenía bajo estricta vigilancia.

Si hubiese tenido la suficiente voluntad para convencerse de que era lo correcto, se habría escabullido rápidamente de esos dos, intentando esconderse entre la multitud de personas que, sin percatarse de lo que sucedía, pasaba junto a ellos. Sin embargo, el deseo de rebelarse no logró vencer el enorme vacío que sentía en el centro de su pecho y que la volvía imprudente si se consideraba la situación en que se encontraba. Luchar… ¿y para qué? Acababa de perder a Román.

Se encogió de hombros y adoptó una expresión aburrida, siguió caminando como una autómata entre los gorilas. Su mente, mientras tanto, había aventurado mil razones por las cuales la estaban escoltando lejos de su puerta de embarque y la censuraba por la inmovilidad emocional a la que estaba sometiendo a su cuerpo y a su alma. Selene no tenía la culpa de esa inestabilidad interior; el deseo de vivir la había abandonado tan pronto como había puesto los pies fuera de la villa o incluso antes, cuando había tomado la decisión de abandonar a Román y regresar a Florencia.

Su breve viaje finalizó frente a una puerta amarilla con un letrero que indicaba en ruso e inglés: "No entrar. Ingreso reservado al personal." Los dos tipos ignoraron la advertencia y bajaron el picaporte. O eran estúpidos gorilas gigantescos con cara de asaltantes o simplemente ese era el lugar a donde habían recibido orden de llevarla. La segunda opción le parecía más razonable. Se detuvieron en la puerta, sin entrar, pero con un gruñido la obligaron a ella a hacerlo.

Quizás, pensó, no tenían la lengua para hablar como dos personas civilizadas. Cerraron la puerta a sus espaldas con un movimiento decidido que la hizo sobresaltarse por la sorpresa. La situación le recordaba un mal momento ya pasado pero ahora, así como tres meses antes, no permitió que el miedo se apoderara de ella y escrutó el interior de la habitación con un leve interés.

Sospechaba que se encontraba en una oficina de la policía de fronteras o algo similar. La habitación estaba prácticamente vacía y era impersonal; el color de las paredes y del piso carecía de atractivo: un anaranjado pálido y manchado por pisadas. Una larga mesa en el centro; dos sillas del mismo color, un rojo burdeos desvaído, se ubicaban en los lados más largos del rectángulo.

¡Felicitaciones al decorador, ese sí que era un sitio capaz de hacer sentir a gusto a una persona! Una sala de interrogatorios la hubiese acogido con más calor.

Lo sentía en su interior, algo andaba mal. Reconoció el hormigueo de excitación, mezclado con temor, que la recorría por dentro cuando Mr. Hielo respiraba su mismo oxígeno y, por lo tanto, estaba cerca de ella. Lo sentía, no podía estar equivocada porque se habían convertido en un mismo ser. Percibía también una ira incontrolable y eso fue lo que la atemorizó.

Barrió la habitación con la mirada, buscando "no sabía exactamente qué", pero lo encontró e instintivamente retrocedió. ¡Mierda! ¡Mierda! ¡No, no podía ser!

Sus brazos se estiraron hacia atrás y sus rodillas cedieron solo por un momento, el tiempo que su cuerpo se tomó para asimilar que la presencia que se alzaba a poca distancia era real. Román estaba sentado en una silla plegable barnizada de un tono rojizo, con expresión furiosa. Selene odiaba el color rojo. ¿Desde cuándo? Desde ese instante, lo detestó con todo su ser.

No lo había visto de inmediato. Se había ocultado en la esquina izquierda de la habitación, a la espera de que lo notara, como un depredador que aguarda por su presa para saborearla mejor. Cuando un león advierte que ha sido descubierto, la excitación que siente al perseguir a la gacela es superior a cualquier otra emoción jamás experimentada. Los roles estaban bastante claros entre ellos: él era el cazador.

Selene comparó a su Mr. Hielo con un peligroso felino, sin embargo apartó la imagen de su mente cuando notó que estaba temblando: la asustaba. Comprendió que se encontraba aterrorizada y nunca se había sentido así con él, ni siquiera cuando claramente lo había desobedecido, nunca, en verdad nunca.

Eran esos ojos verdes, fríos y prepotentes, clavados en ella. La miraban fijamente, abiertos y enloquecidos, con tal intensidad que la pusieron a la defensiva. No podía soportarlos y, de hecho, luego de una breve mirada, Selene inclinó la cabeza y fijó sus ojos en el suelo.

Deseó que le hablara. Había echado de menos la voz barítona y ronca de Román dándole órdenes, incluso cuando sólo hacía unas pocas horas que no la oía; había pensado que nunca más podría escucharla, por ello su corazón anheló que dijera cualquier cosa, lo que fuera, con tal de volver a sentir las sensaciones a las que poco a poco se había acostumbrado, amándolas, como a cada vibración emanada de ese hombre.

Pero Mr. Hielo permaneció en silencio, inmóvil e impasible como una estatua. Los segundos transcurrían lentos y Selene se atrevió a mirarlo nuevamente. Creyó que estaba alucinando: la posición en la que se encontraba sentado era la misma de ese día, cuando lo había visto por primera vez, la pierna derecha flexionada y el pie izquierdo posado sobre la rodilla de la otra; incluso llevaba el mismo traje elegante, exactamente la misma corbata.

Se sintió expuesta, cazada y desnuda. Suya. Inexorablemente suya. El nombre del hombre que amaba vibró en sus labios pero no emitió sonido alguno. "¡Te amo, has venido por mí!" gritó en su interior, mientras sus manos se cerraban en puños intentando resistir los incontrolables estremecimientos que atravesaban su cuerpo. Porque… Román había sido responsable de su fuga, era él quien la había inducido a escapar con un comportamiento digno de un cretino de la peor clase. Entonces, ¿por qué se sentía culpable? No era ella quien lo había traicionado, no era ella quien le había hecho creer puras mentiras. Su consciencia le decía que no se rindiera, porque no había hecho nada malo.

Los dedos de él estaban fuertemente entrelazados; los nudillos blancos y las uñas cuidadas presionaban la carne, dándole la impresión de quien hubiese deseado destruir lo primero que encontrara a su alcance. La espalda recta y tendida hacia delante estaba lista para el salto, Selene lo sabía, conocía la fuerza del cuerpo de Mr. Hielo: la había poseído una y otra vez sin nunca mostrar signos de indecisión o cansancio. Había aprendido a reconocer la falsa calma con la que enmascaraba a su verdadero yo para subyugar y someter a los demás. Y ahora, a ella.

Retrocedió y fue un gran error. Aquella otra vez, acorralada y en peligro, estando a punto de ser vendida, no lo había hecho, pero ahora algo había cambiado, Román la había vuelto frágil: la había hecho ceder al dominio de la pasión por él._

Por ello continuó retrocediendo hacia la puerta, no para alejarse de él, sino porque sentía que estaba en una trampa, capturada en la red tejida por Román para hacer que se resignara ante la evidencia de los hechos: no importaba cuánto la hiciese sufrir, de todas formas le pertenecía. Eso no estaba previsto, Selene no se sentía lista para luchar contra la furia de un hombre como Mr. Hielo, por lo general capaz de controlarse y tener completo dominio de sí mismo.

La atraía demasiado y era difícil no caer de rodillas, implorando que la perdonara y que volviera a darle su corazón. No era justo que tuviera ese poder sobre ella, no es justo, canturreó una y otra vez en su cabeza, desesperada, porque no podía escapar de ese vínculo. Presentía que habría sido inútil empujar la puerta buscando salir pero de todos modos lo intentó: bajó el picaporte tratando de huir, sin embargo descubrió que, tal como imaginaba, había sido encerrada allí dentro, junto a él.

Cuando quiso sacudirla para comprobar si realmente estaba cerrada con llave, Román se puso de pie. El final, pensó, había llegado. Fue el último destello de lucidez del que dispuso, porque lo vio tomar la silla y estrellarla con gélida ira contra la mesa que los separaba.

Dejó escapar un grito angustiado, sorprendida por la reacción del hombre. Nunca había sido violento con ella, aunque sí impetuoso. Sus dedos abandonaron el picaporte y en un impulso dejó de darle la espalda, girándose y pegándose a la puerta. El miedo la paralizaba.

¡Oh Dios, esos ojos! Los iris verdes la examinaban con frialdad, como si no la reconocieran, y sin embargo era ella la causante de toda esa ira que ardía en su interior.

Su atención se dirigió a la maltrecha silla. Yacía próxima a la pata derecha de la mesa, aquella más distante desde donde ella se encontraba. Enfocó con dificultad la parte que había saltado como un resorte porque volvió a observar a Román, aparentemente calmo.

Jadeaba, eso no le transmitía nada bueno. Su pecho subía y bajaba rápidamente, de modo que no era una visión, dictada por su deseo de volver a verlo, realmente estaba allí, con ella, y ambos se encontraban encerrados en el interior de esa sala.

Mr. Hielo se acercó a la mesa. Presionó ambas palmas sobre la dura superficie. Selene observaba atenta cada movimiento, temerosa de que pudiese reaccionar con enfado nuevamente. La irracionalidad de su ruso la hacía pensar que era guapo incluso así, con los rizos desarmados a causa de la ira; la mandíbula tensa por el esfuerzo de resistir a la explosiva violencia. Desde el primer instante, Selene había deseado verlo presa de una emoción incontenible y ahora asistía a una dura lucha interior entre la racionalidad y la locura. Se enamoró de nuevo, locamente, de él. Se sintió perdida, porque estaba sometida a sus mismos sentimientos.

Román nunca dejó de mirarla y finalmente habló.

—Desnúdate —susurró.

¿Qué? Selene se abrazó a su ropa mientras el descabellado pedido de su hombre se abría paso en ella. No bromeaba, nunca lo hacía con ese tono perentorio: era una orden, decidida e incontestable.

No se movió. Las pulsaciones de su corazón aumentaron al tiempo que en la habitación el espacio se volvía cada vez más oprimente. A duras penas podía recuperar el aliento. Un feroz dolor de cabeza explotó súbitamente, debilitando sus nervios ya al borde del colapso. No podía humillarla, no le permitiría hacerlo.

Movió lentamente la cabeza para negarse. Un rayo de agudo dolor atravesó la mirada de Román. Acababa de cometer el milésimo error. Le había prometido que nunca lo haría, nunca se negaría, en ningún caso, pero la ira de Mr. Hielo la aterrorizaba y su cuerpo había reaccionado en consecuencia: le exigía defenderse de él, de cualquier modo, porque la habría destruido con un solo gesto. Y por mucho que lo amara –de un modo total, desestabilizante- si conseguía entrar en ella hasta ese punto, la convertiría más que nunca en una esclava.

Mr. Hielo golpeó los puños sobre la mesa con fuerza. "Boom" retumbó a través de la habitación, resonando hasta sus oídos. No pronunció una sola palabra.

—Hazlo —dijo, mascullando entre dientes.

No era el hombre calmo y encantador que había conocido en una habitación de hotel, el que la había seducido con modos elegantes y corteses, invitándola a aproximarse, haciendo que deseara tocarlo, enredándola.

Ahora, en cambio, Selene quería escapar: de la habitación, de sí misma, de todo el mundo. De ese amor desarmante.

—Selene, no hagas que me enfade —le advirtió—. Obedece, si no quieres hacerte daño.

¡Que la amenazara cuanto quisiera, la golpeara incluso! Si eso servía para tranquilizarlo. Nunca lo había visto tan fuera de sí por la ira. Lo desafío a golpearla con la última pizca de coraje que corría por sus venas. Para ser honestos, no creía tener el valor de hacerlo pero de todos modos, al parecer lo había encontrado entre los recovecos de su yo femenino.

—¡Vamos Román, castígame! —lo provocó.

Él esquivó el incómodo objeto que se interponía entre ellos con un movimiento rápido, ágil y despectivo. Se le arrojó encima como un demente, estrellándola contra la puerta. Selene se golpeó la espalda y también la nuca: un gemido de dolor escapó de sus labios.

Cerró los ojos con fuerza, lista para soportar la violencia desbordante de Mr. Hielo. Contó hasta diez mientras esperaba sentir las manos de su amor. Arrasaría con ella con brutalidad, estaba segura, porque la furia del hombre se vertía en oleadas de puro delirio contra su cuerpo.

Sin embargo, nada sucedió. Nada. Ni un golpe, ni un insulto. El aliento ardiente de Román le hizo cosquillas en la mejilla. Lentamente abrió los ojos y se dejó hechizar por el verde de esos iris que se encontraban a tan corta distancia. ¡Oh, era maravilloso poder volver a verlo! Tan cerca, tan suyo.

Sus brazos bloqueaban su cabeza, estaban flexionados contra la puerta para impedir que volteara a un lado o al otro, mientras el cuerpo del hombre la aplastaba, adhiriéndose perfectamente al suyo, como una segunda piel.

La sensación de tenerlo sobre ella provocó en Selene un deseo explosivo, como de costumbre. El miedo fue sustituido por la excitación mientras escrutaba la mirada furibunda de ese a quien consideraba el hombre más irritante del mundo pero también, el más sensual.

—Quisiera hacerlo. Te lo juro, quisiera hacértelas pagar —susurró sobre su boca—, y no es un juego. Mis manos pican del deseo de demostrarte que no puedes comportarte como quieres. No conmigo, no conmigo, ¿está claro? —El puño rozó su pómulo pero fue más allá de su suave piel para alcanzar la extraña superficie contra la cual se encontraba recostada.

Las palabras en respuesta no llegaron; su lengua se mantenía inmóvil mientras Selene se sumergía en esas nuevas sensaciones discordantes. Los labios de Mr. Hielo rozaron los suyos y en un instante se encontraron besándose, sedientos y desesperados. No podía resistírsele. Lo quería.

Se aferró a él, intentando rechazar el deseo, hacerlo a un lado para recuperar la posesión de sus facultades mentales, pero no había forma de que su cuerpo la escuchara. Deseaba a Román incluso a pesar de que estaba asustada. Las impredecibles reacciones a las que había asistido debían ser suficientes para hacer que se mantuviera lejos de él, sin embargo se abandonó al fogoso beso que le estaba dando, impaciente por profundizar el contacto.

Se separaron para tomar aire.

—No puedo —le confesó—. No puedo lastimarte. ¿Por qué? Y sin embargo con las otras nunca fue así.

Has traicionado mi confianza, dijiste que nunca me dejarías. ¿Qué debo hacer contigo? Dime, qué debo hacer, porque me estoy volviendo loco.

Su corazón se rompió. Lo había visto teniendo sexo con otra cuando había jurado que solo la quería a ella; no era él quien debía pedir explicaciones.

—Dime que me amas —la intimó.

"Te amo, te amo" le dijo millones de veces pero no tenía voz para hacerlo partícipe de su pensamiento. ¡Qué estúpida, enamorarse de su verdugo, incluso serle fiel! Sí, qué estúpida. Cualquiera la habría juzgado, creyéndola una puta y peor aún, una enferma mental, pero por Román se había despojado de todo límite y barrera, confesándole lo mucho que lo necesitaba para vivir.

—Dímelo Selene.

Envolvió sus mejillas con las palmas calientes de sus manos para obligarla a decir lo que quería oír. Selene se encontró frotando el rostro contra su piel. Levantó su mano y empujó con más fuerza la palma de Román contra su mejilla, hasta que sintió la presión de las duras yemas de sus dedos sobre sus dientes.

—Lastímame —consiguió decir.

Probablemente para hacerle pagar el sufrimiento que le había provocado o para lastimarlos a ambos, pero necesitaba sentirlo fuerte e incontrolable sobre ella.

Román abrió los ojos con incredulidad. Había conseguido desconcertarlo, lo había logrado, y eso la llenó de orgullo. Los brazos de su Mr. Hielo la levantaron, haciendo que se frotara contra la puerta. La miró desde abajo, sin hablar, y luego con un violento empellón, la izó hacia lo alto.

Sintió que era desprovista del único sostén que tenía y depositada sobre la mesa. El oxígeno abandonó repentinamente sus pulmones cuando su espalda tocó la superficie de bilaminado.

Sintió los muslos de su amante a ambos lados de su pelvis y arqueó la espalda para ir a su encuentro. Él luchó a tientas con los botones de sus jeans, deslizándolos por sus caderas. Bajó la tela torpemente y con apuro pero finalmente logró su objetivo.

Abrió la bragueta de sus pantalones. Selene oyó el sonido de la cremallera al bajar. No se rebeló porque Román era lo que quería, siempre. ¿Cómo había hecho para distanciarse de él? ¿Cómo? ¡Cuando la simple idea de estar lejos de su hombre la hacía morir por dentro! "A la mierda Tatia, las otras, todo, podía follarse a tres mil mujeres pero ninguna sería como ella. Selene quería sentirlo en su interior para volver a vivir, a ser feliz.

Sujetó su nuca y lo atrajo hacia su cuerpo. Su boca se arrojó sobre la piel de su garganta y la mordió repetidamente, hasta llegar a sus labios.

Los suaves cabellos de Mr. Hielo; su cuerpo presionado contra el suyo antes de penetrarla; el deseo, imposible de explicar en palabras, de hacer el amor con él… había temido no volver a sentir nada de todo eso. No podría darle a otro hombre lo que le había dado a su ruso. Él poseía su alma y lamentablemente eso era definitivo: no porque la había comprado, sino porque había hecho que se enamorara.

—Me quieres —murmuró.

Se veía asombrado e… inseguro. Su Mr. Hielo, el hombre de acero, en ese momento le pareció vulnerable y débil.

Le demostró cuánto lo deseaba. Enlazó las piernas alrededor de sus caderas, ahora desnudas, y rozó el cuello del hombre con sus uñas para hacer que estremecimientos de placer corrieran a lo largo de su espalda. La chaqueta estaba abierta sobre la camisa y sus solapas caían sobre ella.

—Tómame —le imploró.

Y él lo hizo. La arrastró en esa dimensión que solo ellos conocían. No había sombras de una prometida, ni temor a no poder comprenderse: se pertenecían. Y tal vez ese era el principal problema.

Volvieron a complementarse y fue un enorme alivio para Selene. Cuando se despidió de Rusia, estaba segura de que ya no podría volver a estrecharlo con fuerza entre sus brazos, como lo estaba haciendo en ese momento. La tela de la chaqueta se deslizó bajo sus ávidas manos mientras con embestidas profundas la llevaba más allá del mundo conocido.

Entreabrió los ojos para mirar a la cara al hombre con quien estaba haciendo el amor y los iris de Román la poseyeron por completo. No había barreras. No intentaba castigarla, la estaba tomando con la furia típica de la rabia, pero en él no había ningún deseo de hacerle pagar la afrenta con que lo había desafiado a lastimarla. Frotó su nariz contra la suya mientras gemía y se empujaba dentro de ella. Selene lo acogió, olvidando todos sus problemas.

Se corrió primero, con un grito liberador, moviéndose contra la mesa para intentar contener el placer, procurando que explotara poco a poco y así disfrutarlo lentamente. Sin embargo, él la atrapó y la devoró con ansias de hacerla gozar.

—¡Román! —lo llamó. Le suplicaba que no la dejase ir nunca más. Intentó gritar sus sentimientos, decirle ese "te amo" que empujaba por salir de sus labios, pero solo consiguió murmurar el nombre de Mr. Hielo—. Román Aleksandrovic Nevskij —balbuceó, sorprendida por lo bello que sonaba en su boca cuando estaba a merced de un orgasmo.

CAPÍTULO 2

Román se separó de ella después de haber compartido un mismo placer. En silencio se fajó los pantalones, que regresaron a la inmaculada condición en que se encontraban diez minutos antes, pero ahora en los movimientos de su amante se percibía la agradable languidez típica del hombre saciado. Continuó observándolo, sentada sobre la mesa, mientras intentaba recuperar la posesión de sus facultades mentales. Era difícil después del sexo, porque sentía como si hubiese sido absorbida por él y ya no pudiera separarse de su lado. Se miraron por un breve instante y Selene leyó una renovada decisión en su seductora mirada.

—Adiós —lo oyó murmurar.

Mr. Hielo tomó ambos extremos de su chaqueta y tiró de ellos hacia abajo para alisarla, luego guardó silencio. Selene no tuvo tiempo de responder o protestar, le dio la espalda y, a paso decidido, se dirigió hacia la puerta. Ingenuamente pensó que no conseguiría salir. Se equivocaba. Bastaron dos golpes y alguien al otro lado abrió, dejándolo pasar.

"Adiós" la palabra resonó en su cabeza.

Se puso de pie de un salto, luego de abotonarse los jeans, y corrió hacia la puerta abierta para detenerlo y decirle que lo amaba. Salió, sin hacer caso al semen que corría entre sus muslos, a sus cabellos tan revueltos como su ropa, arrugada y desordenada; deseaba ir tras Román para asegurarle que no lo había abandonado.

Pero había desaparecido. Miró a un lado y al otro del pasillo, donde algunas personas caminaban con sus familias, tal vez de vacaciones, quizás haciendo quién sabe qué, y se dijo que era una tonta por no haberle dicho de inmediato que se había enamorado perdidamente de él. ¿Por qué no había podido hacerlo? Las imágenes de Tatia inclinándose para acariciarlo pasaron frente a sus ojos. Ese era el motivo por el que no lo había hecho.

Selene le había sido fiel, mientras que él se había divertido con otras sin nunca decirle la verdad. Entregarle su corazón para que Román lo destrozara no estaba en sus planes. Quería una vida normal, con una familia normal y un hombre capaz de amarla por la mujer que era. Sin embargo su corazón no estaba demasiado de acuerdo, gritaba el nombre de Román incluso en ese momento, mientras Selene se convencía de que lo que quería era otra cosa.

—¿Señorita se siente bien? ¿Puedo ayudarla? —mientras tanto, un empleado del aeropuerto se le había acercado. Lindo uniforme y también él era lindo, al interesarse en su desastroso estado emocional.

Cómo había sabido que no era rusa pasó a un segundo plano frente a su gentil ofrecimiento de ayuda. Aprovechó la ocasión para preguntarle dónde podía encontrar el único sitio acogedor de ese aeropuerto. Siempre que el toilette de damas pudiese considerarse acogedor, al menos le permitiría refrescarse.

—Continúe en esta misma dirección. Lo encontrará a su derecha.

Desde ese día, Mr. Hielo se convertiría en su peor pesadilla, tenía absoluta certeza de ello. Se preguntó si alguna vez conseguiría borrar también su último encuentro, esas miradas, el sexo y... esa necesidad de amarse. Selene se refugió en el baño de señoras y una vez frente al espejo comprendió por qué el chico había pensado que no se encontraba bien: estaba en condiciones lastimosas, por decir poco._

Hurgó en el bolsillo de la chaqueta que debería haberla protegido del frío -fallando, porque el hielo había invadido sus huesos cuando Román se había marchado- y encontró el boleto de avión, el pasaporte y el dinero en efectivo. ¿Y qué esperaba encontrar? En el otro bolsillo, sin embargo, una extraña y sospechosa protuberancia la empujó a hundir más los dedos.

Sacó un teléfono móvil. Ese aparato no era suyo y no comprendía cómo había llegado hasta allí. Primero tenía que calmarse, porque de lo contrario su corazón explotaría en su pecho. Respiró hondo y depositó el equipo sobre el anaquel. Pensó en recomponerse, luego intentaría aclararse sobre lo demás.

El agua fresca sobre su rostro le dio un mínimo consuelo, a pesar de que aún no había recuperado la lucidez. Se limpió el esperma de Román con una de las toallitas que gentilmente ofrecía el aeropuerto, sin hacer caso al hecho que de un momento a otro podría haber entrado una persona y la habría descubierto frente al espejo en ropa interior. En esos estrechos baños no quería entrar, la simple idea de hacerlo le provocaba una crisis de pánico. Se sentía cansada y le dolía la espalda, de modo que simplemente no pensó en los demás, se concentró en sí misma y en las sensaciones que experimentaba.

Una vez que recuperó el control y volvió a estar presentable, se preocupó por saber qué hora era. Tomó el móvil de última generación y descubrió que aún estaba a tiempo de abordar el avión.

La carga estaba completa, tal vez podría serle útil. Sospechó que había sido Mr. Hielo quien lo había deslizado en su bolsillo, tal vez mientras hacían el amor, por lo que no tuvo el valor de deshacerse de él. Se detuvo frente al cesto de basura, lista para arrojarlo y liberarse del aparato, pero simplemente no pudo hacerlo. Volvió a colocarlo en su bolsillo, apretándolo en su mano, y luego se sumergió en la multitud de personas que se encontraban en el aeropuerto, listas para partir.

Sorteó varias tiendas; intentó orientarse y no le resultó difícil siguiendo las indicaciones escritas en inglés. Si nuevamente se le aproximaban matones, esta vez escaparía, no se dejaría arrastrar a ningún otro sitio.

Llegó a la puerta de embarque y tomó asiento en el amplio salón, observando a las personas que aguardaban junto a ella. Se sentía una extraña y no solo porque era extranjera, su cuerpo parecía estar lejos de allí y comenzaba a creer que había tomado la decisión equivocada al abandonar la villa y huir.

Imaginó a Román regresando a casa, sentado en el asiento trasero de la limousine en la que solía hacer que lo llevaran de un lado a otro, y deseó estar abrazada a él, aferrada al pecho del hombre que amaba. ¡No! Ese pensamiento estaba completamente fuera de lugar. Lo ahuyentó antes de dejarse enredar por sus fantasías.

—¡Mamá, mamá, espera! —oyó que llamaban. Vio a un niño corriendo en dirección a su madre que caminaba hacia la puerta. El pequeño estiró los bracitos para que la mujer lo cogiera.

Eran italianos. Como ella, con la única diferencia que no habían sido llevados a Rusia contra su voluntad, ni vendidos como esclavos al mejor postor. La mujer notó la larga mirada a la que los había sometido y la observó detenidamente.

Eso quería de la vida, se repitió Selene: un marido, un hijo, más de uno, a decir verdad, y el éxito. Perfecta, una existencia perfecta hecha de pequeñas cosas preciosas.

La señora le sonrió, junto a ella había un hombre de su misma edad: su marido. La mirada de él transmitía todo el amor que sentía por su familia.

—¿Podemos sentarnos aquí? —preguntó la mujer.

Había dos sitios libres junto a ella. Podían, claro que podían, le haría bien asistir a momentos familiares de absoluta normalidad. Tal vez la convencerían de no haber perdido la cabeza al abandonar de ese modo a Mr. Hielo.

Sin embargo rápidamente se olvidó de la familia feliz, porque su mente se centró en Román y en nada más. Sus pensamientos regresaban una y otra vez a él, a la orden que le había dado: "Dime que me amas" con el tono ronco y sensual al que ella nunca podría resistirse. Cuánto más repensaba en el momento en que había sido testigo de esa impensable demostración de violencia, más se convencía de que se había equivocado al no haberle confesado sus sentimientos.

"Olvídalo", se impuso. Había acabado. Realmente esa vez, no volvería a verlo. Se había despedido, la había dejado libre para que se marchara, así que… ya no la quería. Él… ya no la quería.

Una lágrima corrió por su mejilla cuando comprendió que, en última instancia, había sido Román quien la había rechazado y no ella quien lo había dejado: él había ganado.

—¿Necesita un pañuelo? —le preguntó la señora sentada con el niño en brazos.

Había asistido a su colapso psicológico. Qué imagen tan patética estaba dando. Intentó sonreírle pero no consiguió hacerlo. Permaneció en silencio, creyendo no tener fuerzas para responder.

La desconocida tomó un paquete de su bolso y se lo ofreció, mientras el pequeño en su regazo no se quedaba quieto ni por un instante e intentaba bajar para correr detrás de todo cuanto le resultaba interesante.

—No me parece que esté bien, sabe —insistió aquella mujer.

—Estoy bien —mintió.

¡Ah, entonces aún podía hablar con alguien, era capaz de hacerlo! No sentía deseos de abrir la boca pero ese era otro tema. Después de todo, la señora se estaba preocupando por ella, le debía al menos una respuesta amable. Aunque fuese una mentira.

Intentó no darle otro pretexto para continuar conversando y esperó que las azafatas que se encontraban detrás del mostrador llamaran para abordar el vuelo. Hubiese deseado tener esa excusa para ponerse de pie y alejarse. Por desgracia, todavía faltaban diez minutos, un tiempo infinito para agonía de Selene, que no conseguía dejar de pensar en el sexo con Román en una anónima mesa de aeropuerto.

—¿Lamenta tener que regresar a Italia? —perseveró su vecina de asiento.

—No, no —articuló.

—No parece.

¡Pero esa señora sí que tenía deseos de conversar con ella! Se sintió tentada de provocarla o escandalizarla, relatándole su disparatada historia. Sin embargo, la mujer no tenía la culpa de sus errores, por lo que contuvo su lengua, ya a punto de responder con sarcasmo.

—Me gusta Rusia. —Román le gustaba, de ese país conocía poco.

—Rusia es grande —señaló su compatriota—, tal vez lo que le gusta es un hombre ruso.

Pero, ¿quién era esa? ¿Alguien que leía el destino y la mente de las personas? Selene debía tenerlo escrito en la frente: "Amo a Mr. Hielo y me estoy arrancando el alma del pecho porque he decidido alejarme de él."

Le dirigió una sonrisita condescendiente, de niña pillada infraganti, pero no respondió. También porque nadie podría haber comprendido lo que significaba enamorarse del hombre del que era una esclava. Un mafioso ruso, por si fuera poco, un malo entre los malos. Las cadenas rodeaban invisibles sus muñecas, por lo que las personas no lo notaban, no lo sabían, y sin embargo ella pertenecía por derecho a Román. Esperaba con toda su alma estar aún entre los pensamientos de Mr. Hielo, siempre, incluso si no volvían a verse. Qué idea tan idiota y romántica.

—Créame, si no supiera que no cualquiera puede acceder a las puertas de embarque, habría jurado que se trataba del hombre que la observaba desde aquella columna.

¿Qué? Selene levantó de repente la mirada hacia el punto que la desconocida señalaba con su cabeza. Román no estaba allí. Se enderezó, tentada de dirigirse a la columna para comprobarlo pero se detuvo antes de cometer una tontería. Entonces, ¿qué era lo que realmente deseaba para sí misma? Debía decidirse.

No podía dejarse usar por Mr. Hielo, lo amaba, pero no era justo continuar con esa farsa de la amante dulce y disponible. Se negó a sí misma la última posibilidad de aclarar las cosas con él: ella quería la exclusiva y Román no podía dársela. Sí, eso era todo.

La hostess llamó al vuelo con destino a Milán y los pasajeros se formaron en fila de a dos, esperando que comprobaran sus boletos. Selene, sin embargo, no se movió. Continuaba mirando fijamente a la columna, sus ojos ardían por las lágrimas reprimidas.

Él estaba allí detrás, tal vez con la espalda recostada contra el pilar, pero si la había atrapado mirando en esa dirección, Selene dudaba que se hubiese dejado descubrir.

Tenía que irse de Rusia, borrar los últimos meses de su vida y retomar sus estudios; volver a ser su viejo yo, la chica banal que había sido. El amor, ese nunca lo olvidaría, pero no podía continuar fingiendo que no era importante para sí misma.

Tomó la decisión más difícil que había tomado en sus veinte años de vida y dio media vuelta hacia su libertad. Respiró el aire caliente a pleno pulmón y se encaminó en dirección a las personas que se encontraban a la espera de descender por el túnel que los conduciría al avión.

Sintió náuseas pero ni cuando su cuerpo se negó a responder a sus órdenes se permitió un momento de vacilación.

Cogió con fuerza el boleto y el pasaporte, pero temblaba. Vamos, tenía que lograrlo, porque solo de ese modo recuperaría lo más preciado para ella.

Relajó los hombros y sonrió a la asistente de vuelo que la saludó cortésmente. Sus dedos continuaban temblando mientras le tendía el boleto. Maldición, sus ojos se negaban a mirar hacia adelante, cada tanto escapaban en dirección a la columna, con la esperanza de atisbar incluso el más mínimo movimiento.

Estaba huyendo de él pero no le había dicho la verdad: lo había visto hacer el amor con Tatia, con dulzura y dedicación, y había oído las palabras tiernas que los amantes intercambiaban.

No había sido ella quien había traicionado su confianza, abandonándolo. Román tenía que saberlo. Selene conocía los hechos y no los aceptaba: había sido un mentiroso.

—Lo lamento, he olvidado mi bolso. ¿Puedo ir por él? —La asistente de vuelo sonrió profesionalmente, indicando a los demás pasajeros que avanzaran. Selene pasó entre las pocas personas que aguardaban su turno tras ella y apretó el paso hasta llegar a la columna.

¿Y si la mujer tenía alucinaciones? Tanto mejor. Se iría con el corazón en paz.

Rodeó la columna y lo vio: recostado contra el hormigón, con los brazos cruzados sobre el pecho, mirando fijamente al vacío. Mr. Hielo y su pose de tipo duro; el comportamiento de macho calculador ya no funcionaba con ella. Bueno, tal vez un poco sí.

Cuando colocó la mano sobre su brazo, no dio indicios de haberla visto ni reconocido.

—Román —susurró.

Hizo a un lado el deseo de arrojarse a sus brazos y quedarse con él. No podía ceder, no ahora.

—Vete —respondió.

—No así —no luego de lo que habían compartido hacía un momento.

¡Realmente estaba confundida!

Él se giró buscándola con la mirada y dejó escapar una sonora carcajada, impregnada de burla. Selene se sintió herida por el comportamiento de su ruso pero resistió y no le dejó ver lo mucho que la había lastimado esa risa chabacana.

—¿No así? Me dejaste. ¿Qué más quieres de mí? —esas palabras le parecieron crueles.

—No te dejé —dijo.

Román apretó la mandíbula. Selene no comprendió el motivo del evidente enfado que sentía. Recordaba perfectamente el instante en que Tatia se había inclinado sobre él y... y... lo odió. Lo odió porque lo amaba demasiado como para no odiarlo.

Los ojos verdes clavados en ella se burlaban de esa espectacular marcha atrás.

—Entonces, ¿te ha gustado ser mi puta durante este tiempo? —la ofendió.

Selene no pensaba que pudiese caer tan bajo con tal de hacerla sufrir. Estúpido, simplemente no quería comprender. Para Selene se había vuelto vital poder amarlo y limitarse a estar junto a él como su amante no era suficiente.

—Sí, me ha gustado —replicó—. Pero no puedo estar con un mentiroso.

La miró fijamente, sorprendido. ¿Qué era esa expresión de asombro? No podía imaginar que los había visto teniendo relaciones sexuales pero parecía realmente atónito.

—¿Qué estás diciendo, pequeña luna?

—Digo que podías haber evitado tirarte a Tatia en la misma sala donde también me follabas a mi. ¿No pensaste que podían descubrirte?

Lo había dicho. Finalmente había conseguido decirle la verdad y echársela en cara a pesar del amor que sentía por él. No había sido tan difícil.

Román se movió en forma repentina y la tomó entre sus brazos. No, ella no cedería ahora, no se entregaría a él para luego ser abandonada, como ya había sucedido. La estrechó contra su cuerpo pero Selene no aceptó esa constricción, lo pateó, lo golpeó, furiosa consigo misma y con él. Sintió el impulso de ceder y jurarle amor eterno, aún… Mr. Hielo no merecía esa devoción. Y sin embargo los sentimientos de Selene no mutaban, por el contrario, se volvían más profundos e intensos.

—No he tenido a nadie más que a ti —afirmó, mirándola fijamente a los ojos—. Te lo juro por mi vida.

Le hubiese creído, si no lo hubiese visto, realmente habría confiado en sus palabras. ¡Maldito!

—Os he visto, Román. Le susurrabas palabras dulces, ella dijo que te amaba y… —su voz se quebró. Había permitido que Tatia lo tocara—. Fuiste muy tierno con ella —concluyó con un nudo en la garganta.

¡Cómo la envidiaba! No podía evitar sentir celos de Tatia. Irena y Antonin podían pensar lo que quisieran del vínculo entre Román y ella, pero Mr. Hielo seguía estando ligado a la rusa y no a una simple italiana, a la que consideraba su amante de turno y a quien reemplazaría tan pronto como se cansara.

—Te equivocas, pequeña luna —susurró, con diversión en su mirada. Ya no se lo veía furioso, parecía casi feliz. Ella, en cambio, estaba perpleja por la reacción relajada de Román. ¿Tan poco le importaba que no la tomaba en serio?

—¡No me llames así! —Selene prácticamente gritó.

Él dejó que retrocediera unos pocos pasos pero luego la detuvo, rodeando sus muñecas con sus fuertes manos.

Una vez más intentó atraerla hacia sí pero no la forzó a aproximarse. Tenían demasiados espectadores. Selene no podía creer que estaba asistiendo a un cambio tan drástico: Román parecía divertido con la situación, ya no sorprendido. ¿Qué diablos había sucedido? Le había echado en cara su traición, poniéndolo frente a un error imperdonable y él, en lugar de justificarse, sonreía aliviado.

—Selene...

Le dio una bofetada en pleno rostro. No le gustaba que se burlaran de ella, no Mr. Hielo. Se mordió el labio tan pronto como notó que lo había abofeteado en público. Había sido la ira quien la había impulsado, si hubiese estado en sus cabales nunca lo habría hecho.

Había acabado.

—Adiós —murmuró.

La gente los observaba, Selene sentía sus ojos sobre ellos, concentrados en descifrar qué sucedía. Se avergonzó de haber dado un espectáculo pero ya no había marcha atrás.

Lo estaba dejando, tal como él lo había hecho unos minutos antes con ella. Le daría la espalda y no volvería la vista atrás, caminando directo hacia su puerta. Lo hizo. A paso rápido regresó hacia la hostess, ignorando las miradas sorprendidas de la gente que esperaba su vuelo.

Selene sintió odio hacia sí misma, por no haber comprendido antes cuán astuto era su hombre, y rabia hacia todos los allí presentes, porque la estaban juzgando sin conocerla, después de haber presenciado su arrebato de ira. Que pensaran lo que quisieran, no eran asuntos suyos y no le importaba que la juzgaran. Así que Román se reía de ella... ¡Bien! A él también lo detestaba.

—¡No huirás! ¡Te perseguiré! —la amenazó a tan solo unos pocos pasos de la asistente de vuelo.

Alguien silbó.

Era libre de hacer lo que quisiera, no podía impedirle que la siguiera a Italia o al fin del mundo. Lo denunciaría por acoso, le haría pagar por todo, del primer al último instante. Se había burlado de ella, Selene había creído que era alguien para él: la actuación había funcionado, había caído en su astuta trampa.

¿Se había divertido llevándola a la cama? Incluso tal vez luego se había reído junto a Tatia, mientras bebían el té, sentados en el mismo sofá en el que Selene hacía el amor con él y le entregaba su alma.

—Inténtalo —murmuró, mientras rebasaba a la hostess y se internaba en el largo corredor.

Selene quería ver qué era capaz de hacer esa mafia rusa impronunciable, porque ella no se dejaría engañar de nuevo. No estaba dispuesta a llegar a un acuerdo con un hombre que había demostrado que no le importaba, que únicamente la había usado para su propio placer sexual.

Román era un mentiroso. Y un cretino, agregó. Pero tan sensual. ¡No, tenía que acabar con el sentimentalismo! Ahora era nuevamente una mujer libre.

CAPÍTULO 3

En el avión recordó el móvil que le habían metido en el bolsillo sin que ella lo notara. Lo tomó, sintiendo la tentación de apagarlo y dejarlo caer. Con una buena patada podría haberlo hecho rodar lejos y así se habría deshecho definitivamente de sus últimos meses de vida.

Echó un vistazo a la pantalla encendida mientras la voz del comandante recomendaba apagar todos los dispositivos electrónicos; presionó el botón para acatar la orden y volvió a colocarlo exactamente donde había estado hasta hacía unos pocos segundos antes.

Cobarde. No era capaz de deshacerse de ese aparato porque era la única conexión que tenía con Román. Le había dicho adiós, pero el móvil en su bolsillo demostraba lo contrario. Aún estaban cerca, solo que de un modo diferente: podían alcanzarse.

Sujetó con fuerza el pequeño objeto entre sus dedos y lo acarició suavemente. Selene todavía no podía creer que se encontraba a bordo de un avión que la llevaría de regreso a Italia y, sin embargo, sentía la suave tela del asiento; los reposabrazos sobre los que descansaban sus brazos. A su izquierda, la ventana ovalada le permitía ver la pista que corría, mientras los auxiliares de abordo indicaban a los pasajeros dónde se encontraban las salidas de emergencia y qué hacer en caso de peligro.

Cruzó las piernas e intentó relajarse. A esas alturas podía decirse que el viaje ya había comenzado. Entornó los párpados y fingió dormir. Conseguirlo sería difícil, la agitación fluía en su interior y hacía que su estómago vacío le doliera. La imagen de su Mr. Hielo sonriente, sujetándola por las muñecas, la desconcertaba. Simplemente no podía quitársela de la cabeza.

¿Era posible que ambos hubiesen enloquecido? La cultura de Román era diferente a la suya pero una infidelidad seguía siendo una traición imperdonable. Cuando Mr. Hielo había pensado que ella estaba seduciendo a Iván, había estallado de furia; la reacción que había tenido junto a la puerta de embarque, en cambio, había sido completamente diferente e ilógica: se había reído, burlándose de la confianza ciega que Selene había depositado en él.

Tres horas y media de viaje y habría regresado a Italia. Había planeado que tomaría el autobús hasta la estación central de Milán y allí compraría un boleto de tren para Florencia. Solo cuando el Frecciarossa se detuviese en Santa María Novella, se permitiría albergar la esperanza de que volvería a ver a su familia. A su madre y a su padre…

Cayó en un estado de duermevela atormentado. Los recuerdos de Román la torturaban y soñaba con cada uno de los instantes que había vivido a su lado. No se arrepentía de haberse entregado, nunca lo haría, pero sufría al pensar que todo había sido solo una farsa, orquestada como parte de un miserable juego de placer.

Cuando el avión aterrizó en Milán, sintió la necesidad de tocar el móvil que llevaba en el bolsillo y saber que tenía consigo un trocito de Mr. Hielo.

Volvió a encenderlo y el aparato se iluminó. Casi suspiró de alivio al ver que se activaba, con el máximo de la carga, y se maldijo por seguir siendo tan débil. No sería fácil desintoxicarse de un hombre como Román; tenía por delante una dura lucha para olvidar que experimentaba una fuerte dependencia física y mental de ese ruso.

Esperó su única pieza de equipaje y luego se dirigió hacia los autobuses con destino a la estación. Respiraba de nuevo su mundo, oía hablar italiano y reconocía lugares que había visitado en el pasado. Estaba en casa pero no se sentía en su medio.

Culpó al hecho de encontrarse en Milán y no aún en Florencia. En su ciudad las cosas se acomodarían y volvería a experimentar esa usual sensación de familiaridad._

Compró el boleto de tren, odiaba utilizar las máquinas expendedoras pero prefirió no hacer la fila en la boletería.

Se detuvo en el McDonald 's para tomar un bocado. Tenía el estómago cerrado, a pesar de ello se esforzó por comer para llenarlo. Necesitaba recuperar fuerzas, se sentía débil y la fatiga no la ayudaría a continuar el viaje con serenidad.

Escogió uno de los tres sándwiches por los que se le hacía agua la boca y, sentada en los taburetes del exterior del local, mordisqueó el pan. La miga era insípida, la hamburguesa, en cambio, de plástico, el sabor le resultó incluso peor. ¿Dónde estaba la vieja Selene?

Se sentía observada. Giró la cabeza para echar un vistazo a sus espaldas pero se encontró mirando a turistas, como ella, que se habían sentado, en soledad o con sus compañeros de viaje, para hacer una pausa. Gente normal, con expectativas y vidas normales.

Se estaba poniendo paranoica. Se encontraba de regreso en Italia, tal vez alguien simplemente la había mirado con curiosidad y ella de inmediato había saltado sobre su taburete, pensado que era perseguida.

Nadie sabía que estaba sentada allí, comiendo un sándwich, además de ella misma y la hamburguesa ahora diseccionada en el contenedor de cartón.

Tomó nuevamente el móvil: ninguna llamada ni tampoco mensajes. Juagueteó con el teléfono. Lo posó sobre la mesa y con los dedos lo hizo girar sobre sí mismo. Era ridículo que esperara de Román un mensaje romántico o posesivo, ya había descubierto sus cartas con él, por lo que rápidamente Mr. Hielo compraría otra prostituta que pondría a trabajar en sus casinos y volvería a sus insanos hábitos de amo y señor.

Presionó algunos botones al azar, mientras se esforzaba por pasar el enésimo bocado soso. Ya echaba de menos su masculina impetuosidad y su lado dominante. La sacaba de sus casillas sí, pero al mismo tiempo no podía vivir sin él.

—Lo sentimos —dijo un hombre a su derecha, vestido con un par de jeans y una camiseta de algodón. En efecto, hacía calor, notó que estaba sudando bajo la chaqueta bomber que la cubría. Debía parecer una loca con un abrigo como ese cuando la temperatura era tan cálida.

—¿El qué? —no había comprendido.

—Son órdenes.

Esta vez había hablado otro, a su izquierda. Se giró sobre su banqueta para mirarlo. También él, vestido con ropa deportiva, parecía inofensivo.

Sintió que tomaban con fuerza sus brazos e intentó gritar. Pero qué... alguien presionó un extraño paño sobre su nariz y fue víctima de una repentina sensación de debilidad imposible de combatir.

Se deslizó en un sueño profundo, sin sueño, donde finalmente pudo reposar libre de problemas y recuerdos. El despertar, sin embargo, fue traumático porque el dolor de cabeza provocaba que hasta el más mínimo sonido retumbara en sus sienes.

Un zumbido bajo y continuo hizo que se tensara. Abrió los ojos con una mueca desconcertada. ¿Ya estaba en casa? Recordó que no había cogido el tren. Pero entonces...

Se enderezó de repente, tomando aire, y miró a su alrededor asombrada por no reconocer el sitio en que se encontraba. ¡No, no de nuevo! Selene suplicó a quien fuera que estuviera en el cielo que no le hiciese una broma de esa clase.

Intentó llevar las manos a su rostro para frotarse las mejillas y así probarse que no había enloquecido –el gesto le habría transmitido algo de calma- pero cuando intentó moverse, su brazo derecho no pudo bajar. Había sido atada.

Procuró no dejarse vencer por el pánico e intentó asimilar la situación: se encontraba de nuevo desnuda, tendida sobre una cama y su muñeca derecha había sido atada a la cabecera. Instintivamente tiró para liberarse pero el nudo impedía que pudiera moverse más de lo admitido.

Su primer impulso fue gritar y pedir ayuda. Luego, con algo más de calma pensó que de ese modo, si su captor estaba cerca, se habría anoticiado de su despertar.

—Mierda. No puede estar sucediendo de nuevo, no tiene sentido. —Era tan ilógico como la primera vez pero ahora no podría soportar ser vendida al mejor postor. No estaba dispuesta a entregarse a otro hombre que no fuera Román.

El sonido de unos pasos hizo que se tensara. Alguien ingresó en la habitación. No sabía si pretender que dormía o no, sin embargo, en el último momento decidió acurrucarse sobre sí misma lo mejor que pudo, para ocultar su desnudez.

Un hombre entró. Vestía unos jeans y un polo liso y simple. Selene tembló. El rostro de su captor estaba cubierto por un pasamontañas que únicamente dejaba al descubierto su boca y sus ojos. Hermosos ojos azules.

Cuando se detuvo a los pies de la cama, Selene tragó saliva. El desconocido cruzó los brazos sobre su pecho y abrió las piernas: los jeans envolvían un par de muslos fuertes y tonificados.

—Hola —dijo.

Esa voz le resultaba familiar pero no se percató de inmediato a quién pertenecía. A esas alturas, veía a Román en cualquier hombre que pasaba a su lado, por ello encontró estúpido que le recordara el tono barítono de su amante ruso.

No respondió, permaneció observándolo con cara de pocos amigos. Los iris de Mr. Hielo eran verdes, no podía tratarse de él, aunque la altura era más o menos la misma y también el arrogante modo de presentarse.

—He dicho, hola. —De nuevo, la voz de Román.

Se inclinó hacia ella, posando una rodilla sobre la cama. Selene retiró aún más sus piernas y las llevó contra su pecho, colocándose en posición fetal, y se negó a responder.

El extraño se irguió. Tenía un rico perfume pensó, no era la colonia que usaba Mr. Hielo, resultaba demasiado intenso y cubría el olor del cuerpo del desconocido. Odiaba las fragancias masculinas que borraban los rastros del propio olor natural.

—Estás en peligro —murmuró en su oído.

Selene no tenía ninguna duda al respecto. Prácticamente la estaba aplastando sobre la cama con su enorme cuerpo, así que se trataba de un riesgo más bien grande.

—¿M- me violarás? —tartamudeó.

Lo único en lo que podía pensar era en que la tocara y la reclamara como suya. Estaba aterrorizada.

—Me gustaría, pero ahora no puedo —admitió.

Era italiano. No había inflexión en su voz, no reconoció ningún acento. Permaneció inmóvil, lista para sufrir en el caso de que hubiese decidido violentarla. Prefería vivir, de modo que no se rebelaría. Su brazo izquierdo estaba libre, al igual que sus piernas; podría resistirse y oponerse pero, ¿por cuánto tiempo? El extraño parecía fuerte y capaz de someter a una mujer.

Su mano alcanzó su mejilla y continúo su camino descendente hasta llegar a su hombro desnudo. Selene se estremeció. Se alejó, intentando evitar ese contacto no deseado, pero la mano de su captor bajó hasta su costado desnudo para finalmente alcanzar su muslo.

—En el futuro lo haré, puedes contar con ello —dijo en voz baja, besando suavemente el lóbulo de su oreja.

—¿Qué? —espetó, intimidada por las palabras que acababa de susurrar.

Tomó aire para gritar y rogó que alguien la oyese. Pensó en Román y deseó estar a su lado. Gritó, pero el hombre tapó su boca y la aplastó con su peso. Sus pulmones no resistieron y le faltó el oxígeno, por lo que el intento de gritar se esfumó.

—Calla —le ordenó—. Calla, ¿no comprendes que así empeoras las cosas?

La forzó a hacer silencio. Maldito, lo odió con todo su ser. Cuando la soltó, intentó escupirlo en los ojos pero la saliva dio de lleno en el pasamontañas.

—Eres una putita rebelde —la regañó, divertido.

¿Cómo había podido pensar que esa voz se asemejaba a la de Román? Su Mr. Hielo nunca se había comportado como una bestia con ella, mientras que ese tipo se aprovechaba del hecho de que estaba atada para tocarla.

—Eres linda —murmuró.

—Que te den.

Intentó propinarle un rodillazo en la entrepierna. Todo ser de sexo masculino se preocupaba por cuidar las joyas de la familia, por eso esperó que de ese modo se alejara de ella. Pero él bloqueó su pierna desnuda y la obligó a frotarla contra sus jeans. De mal en peor.

—Soy más fuerte que tú —dijo—. Te conviene portarte bien aquí abajo.

—Maldito bastardo.

Lo sintió estremecerse sobre ella, como si la palabra que acababa de pronunciar lo hubiese sacudido en lo más profundo de su ser. Selene no sentía miedo y no se explicaba cómo era posible encontrarse una vez más en el punto de partida. Pensaba que lo peor había pasado ya. Sus emociones se volvieron cada vez más confusas, así que decidió no investigar ni profundizar en lo que sentía.

Tenía que escapar. Ese era el imperativo en su mente. Lo intentaría con todas sus fuerzas. Prefería morir antes que someterse nuevamente a la tortura de una manada hombres cachondos listos para comprarla y hacerle quién sabe qué. No volvería a dejarse vender.

El cuerpo del desconocido se presionó más insistentemente contra el suyo. Lo ignoró. Si pensaba disuadirla y de ese modo gozar de su miedo, bueno, se equivocaba, no reaccionaría, no haría crecer el orgullo masculino de ese presumido.

—¡Te gusto! —la provocó.

—¡Estás enfermo! —gritó ella con incredulidad—. ¡Ni siquiera te conozco! ¡No sé quién eres!

Lejos de enfadarse por la observación, el hombre se rió. Tomó su brazo izquierdo y lo tendió en la cama, inmovilizándolo, mientras ella intentaba, en vano, tirar de su brazo derecho para liberarse de la cuerda que la ataba a la cabecera. Ahora cada parte de su cuerpo estaba indefensa y expuesta a esa mirada azul.

—Lindas tetas —la elogió.

"Tienes un lindo culo", la voz de Mr. Hielo la alcanzó desde su inconsciente. El primer encuentro con él, ese insólito descaro que se había permitido de inmediato y que había maravillado incluso al ruso... su corazón se resquebrajó. En ese punto, las grietas que se habían formado sobre ese músculo involuntario ya no eran cuantificables.

Escupirlo nuevamente hubiese sido un desperdicio inútil de saliva. Cerró la mano en un puño, esperando poder lanzarle un golpe en el pómulo tan pronto como la soltara. Pero el tipo no era estúpido y, antes de liberarla se hizo lentamente a un lado.

Abandonó el lecho y abrió el primer cajón del mueble colocado bajo el espejo. Sacó una pistola. Selene se quedó petrificada, observándolo mientras rogaba que no le apuntara. Tragó en seco cuando se giró para mirarla, sin embargo no parecía interesado en asesinarla.

La angustia que por un momento había sentido en su interior, desapareció. La quería viva. Si por fortuna o por desgracia, Selene aún debía decidirlo, porque el futuro había vuelto a ser una enorme incógnita. ¿La vendería como prostituta o se limitaría a usarla para su placer personal?

Nuevamente se encontraba viviendo una pesadilla.

El extraño se dirigió hacia la puerta y la abrió. Comprobó que en el exterior no hubiese nadie, luego cerró con llave. Selene estudió sus movimientos y le pareció muy cauto, casi como si esperase que de un momento a otro los atacaran.

Comenzó a sudar frío, a pesar de que estaba desnuda. Se sintió tentada de pedirle ropa pero prefirió callar. Observó que el hombre cruzaba la habitación y espiaba a través de la ventana.

Se detuvo y luego de haber hecho a un lado la cortina, miró hacia abajo. Selene no pudo evitar observar fijamente sus labios llenos, apenas visibles gracias al agujero del pasamontañas. Era una boca suave y definida, no había indicios de bigote.

—¿Qué miras? —la había descubierto.

Su corazón dio un vuelco. Había notado que lo estaba observando y ahora respondía a su curiosidad con descarada arrogancia. La recorrió con ojos voraces y Selene se sintió como si él tuviese pleno control sobre su cuerpo. Rechazó esa sensación porque estaba reservada únicamente a un hombre y no era ese que la observaba.

Le dio la espalda y se giró de lado para negarle la vista de su desnudez. No le importaba sentir que la cuerda se hundía en su carne.

—Te he visto mientras te desnudaba —le restregó.

—No significa nada. Estaba inconsciente —replicó venenosa—. Eres un monstruo.

Nada de vergüenza. Ni tampoco pudor. La primera vez que la habían despojado de su ropa había sentido que perdía su dignidad como mujer, en cambio ahora solo experimentaba una ligera sensación de embarazo.

El calor en el interior de la habitación había comenzado a fastidiarla.

—¿Un monstruo? —se rió entre dientes.

—¿Cómo definirías tú a un hombre que ata a una mujer a una cama y le quita todo lo que tiene?

Él jugueteó con el arma de fuego. Una gota de sudor comenzó a correr por su frente. Idiota. Hablarle así a un hombre armado. Se felicitó por la imprudencia; incluso se habría dado un premio por la estupidez. El extraño, sin embargo, lejos de dispararle, sonrió. Los labios se abrieron mostrando dientes blancos y perfectos; la lengua humedeció por un segundo su bella boca mientras se burlaba de ella con esa sonrisita arrogante. Selene lo encontró atractivo.

Dios mío pero, ¿qué le estaba sucediendo? Se sonrojó y apartó la mirada de esos ojos azules sonrientes que se mofaban de ella con descaro.

—Estás realmente enfadada —constató—. Una mujer desnuda y enfadada. Hoy es mi día de suerte.

—Pero... qué cretino —dijo rechinando los dientes—. ¿Crees que desnudar a una mujer la vuelve débil?

—Pienso que la vuelve excitante y deseable —la corrigió—. Deberías verte a ti misma para comprender.

Ese era un cumplido típicamente masculino. Una especie de invitación a considerarse hermosa o algo así. Selene sintió curiosidad: quién se escondía detrás de la máscara y por qué la usaba. Después de todo, ella nunca hubiese podido reconocerlo por sus rasgos. ¿O sí? Volvió a observarlo.

Nuevamente experimentó una sensación familiar. El hombre la ignoró y volvió a echar un vistazo por la ventana. Sintió un repentino deseo de quitarle el pasamontañas para comprender por qué se sentía tan segura con él y no en manos de un verdugo, listo para venderla y hacer dinero.

Las sábanas ardían. ¡Qué calor! Hubiese deseado pedirle que abriera las ventanas de par en par, para dejar entrar algo de aire fresco. No podía respirar.

Cerró los ojos para resistir la ola de calor y las náuseas que la sacudieron, pero los abrió nuevamente cuando sintió el toque del hombre sobre ella. No lo había oído acercarse y no hubiese podido alejarse de él ni aun queriendo. La tenía en un puño gracias a esa cuerda.

—Puedes intentar liberarte con la otra mano, si quieres —le aconsejó.

Como si hubiese sido posible aflojar el nudo que rodeaba su muñeca derecha. Valiéndose de la fuerza de su mano izquierda solo conseguiría empeorar la situación y lastimarse la piel.

Ya le dolía y todo por haber intentado mover el brazo. En esa posición pronto comenzaría a dolerle también el hombro, por lo que no quería apresurar las cosas contorsionándose inútilmente. Se colocó de modo que la cuerda estuviera menos tensa pero para poder hacerlo tuvo que voltearse hacia él y despojarse de toda vergüenza.

El extraño la observó con detenimiento y se sentó a su lado, en la orilla de la cama. No ocultó en absoluto el deseo que sentía y Selene se cuidó bien de no mostrar un mínimo de tolerancia. No le permitiría hacerse ideas extrañas.

—Evita mirarme —le ordenó.

El hombre la apuntó con la pistola. La punta del arma rozaba su costado derecho. Ese tipo era un lunático sin escrúpulos, ¿le dispararía por un motivo tan banal?

Los músculos de su cuerpo se tensaron cuando el cañón de la pistola pasó por su piel. Disfrutaba con su temor y Selene se odiaba por haberle concedido ese poder.

Se miraron a los ojos. Los iris impasibles no daban signos de la hilaridad que habían mostrado poco antes, se habían vuelto serios y atentos.

Era una mirada expresiva, poderosa y la hizo pensar en un hombre con infinitas experiencias jamás confesadas. Permaneció inmóvil, dejándose acariciar por la pistola hasta que llegó a sus senos y allí las manos del extraño se entretuvieron.

—Estoy intentando salvarte la vida —susurró él—. Créeme.

La voz era ronca y estaba cargada de deseo. Selene no podía dejar de comparar el tono bajo de ese hombre con aquel sensual de Mr. Hielo. Cuando le hablaba escuchaba el eco de las palabras que Román susurraba en su oído mientras hacían el amor. Se excitó pero no quiso admitírselo.

—¿Cómo quisieras salvarme? ¿Apuntándome con un arma? —replicó.

Intentaba ser sarcástica para ocultar el temor a que él reaccionara violentamente. Nadie podía darle garantías respecto a los arranques de ira de ese monstruo.

—Follándote —dijo.

—¡Estás loco! No me acostaré contigo —estalló.

Así que la pistola era un pretexto para tener sexo con ella. La forzaría con amenazas. No habría necesidad de violencia carnal porque ella aceptaría hacerlo con él con tal de no morir.

Un bastardo realmente brillante.

Su mano izquierda se movió rápidamente, incluso antes de que pudiese pensar en lo que estaba haciendo y le abofeteó los nudillos cerrados con fuerza alrededor de ese objeto mortal.

El hombre se echó hacia atrás y apartó la pistola, no sin antes dejar escapar una divertida risa que sacudió su musculoso pecho. Selene sentía que lo detestaba. Lo habría matado con sus propias manos si eso hubiese servido para permitirle salir de allí.

—Eres un puerco —lo insultó.

—Y tú ya eres mía. Vamos, levántate, eso puedes hacerlo —se burló.

Se arrastró hacia la orilla de la cama, pegándose a las sábanas, luego se sentó. Él no se alejó demasiado, permaneció cerca, demasiado cerca, tanto que sentía sobre su piel el invitante aliento de un hombre excitado, listo para besar y lamer.

Selene lo miró desde debajo de sus largas pestañas. Esos labios... tal vez... se movió y lo provocó: posó su boca sobre la del extraño.

"Quiero follarte, pequeña luna." Román, de nuevo. La boca del hombre era suave e invitaba a un beso más carnal. Todo él emanaba un aura verdaderamente sexual e irresistible. Ahora era una mujer, Mr. Hielo la había hecho mujer, por lo que reconocía a un macho cuando estaba a su lado. Ese lo era y ella no pudo contenerse.

Tendría que haber sido un farol, una forma de robar su arma y liberarse, en cambio se encontró envuelta en el espiral de deseo que el extraño había creado entorno a ellos.

Su lengua se entrelazó con la del desconocido. Él no se hizo rogar y respondió al intento de seducción.

Maldición, Selene no quería hacerse desear, sin embargo ahora le había dado el pretexto perfecto para arrojarla sobre la cama y hacerle cualquier cosa.

"Pequeña luna". La voz de Román la embaucaba pero frente a ella tenía a otro hombre. Tal vez el calor había afectado su cabeza y hacía que ahora los confundiera ambos.

Fue él quien la sorprendió y se apartó antes de que pudieran profundizar el contacto. Se giró de espaldas; no pudo ver la expresión de sus ojos. El pasamontañas negro, además, no le habría permitido entrever mucho.

Levantó su mano derecha para quitarle la "máscara". Tomó un extremo de la tela y comenzó a subirla pero él repentinamente la detuvo.

—No querrás ver quién está debajo. No soy el hombre a quien deseas besar.

—¿Cómo puedes saberlo? —Mr. Hielo se colaba en sus pensamientos y tal vez él había intuido su incomodidad. Después de todo, el de ellos había sido un beso incierto. Bueno, tal vez. Selene no se había mostrado muy indecisa.

—Porque tengo una pistola en la mano. Y tú eres una ingenua si piensas que puedes quitármela seduciéndome —señaló—. No soy un hombre que cede a las lisonjas poniendo en peligro su propia piel. Sería un estúpido.

Entonces había captado que la suya quería ser una maniobra arriesgada para intentar hacerse con el arma. Selene había actuado por impulso, sin reflexionar sobre las consecuencias de su gesto pero por un segundo sus labios la habían disuadido del intento de engañarlo y se había distraído. Selene había sentido un fuerte deseo de dejarse llevar y profundizar el beso.

—¿Quién eres? —le preguntó. "¿Y por qué no siento rechazo hacia ti?" hubiese continuado.

—Alex —susurró.

Alex. Podía ser un nombre falso, inventado para ella. Era similar a Alessandro y esa desafortunada coincidencia hizo que se sintiera culpable. Había besado a otro hombre cuando se había prometido pertenecer únicamente a Román. No era mejor que Mr. Hielo si se abandonaba a instantes de placer con otros. Incluso si había sido para salvar su vida.

—Yo soy...

—Selene, sé quién eres —la interrumpió.

¡Oh, diablos! Entonces ese secuestro significaba que seguía metida en algún lío. Se impuso mantener la calma mientras en su mente profería diez mil maldiciones contra su mala suerte. ¿Y ahora? Volverían a venderla. Tal vez si hacía amistad con el extraño, él respondería algunas preguntas, explicándole por qué la habían secuestrado y llevado a ese lugar.

—Alex... —murmuró.

Se puso de pie antes de que pudiese hacerle la pregunta y Selene asistió a un estiramiento digno de un Oscar. Ahora conocía su nombre pero eso no la calmaba, porque no sabía nada más sobre él.

Su verdugo levantó los brazos sobre su cabeza y curvó la espalda hacia atrás. Su camiseta se alzó sobre sus estrechas caderas, mostrándole un vientre plano y musculoso. No era solamente eso lo que lo hacía un hombre guapo. El trasero envuelto en los jeans era sin dudas otra característica a favor del hombre.

Selene se sintió perdida, por segunda vez y se preguntó por qué se sentía atraída por hombres poco recomendables.

CAPÍTULO 4

El calor en la habitación continuaba siendo sofocante; Selene sudaba y su cuerpo, ahora empapado, pedía alivio inmediato. Sin embargo, ella no podía permitirse ningún movimiento sin sentir dolor en su brazo derecho. Su verdugo caminaba de un lado a otro de la habitación, deteniéndose de tanto en tanto para comprobar que no hubiese nadie afuera.

Ella no había tenido mucho que hacer en las últimas horas y él había dejado de dirigirle la palabra, ocupado como estaba en cavar un gran surco en el suelo a fuerza de tanto avanzar y retroceder. Aparte de cubrirse de la mirada de ese hombre bajo las sábanas, Selene no había hecho más que observar los detalles de la habitación: debía estar en un hotel, en algún lugar de Italia. Además de la puerta de entrada, había dos más, cosa que la hacía pensar en la presencia de un baño y de otra habitación.

Alex no había protestado cuando Selene se había metido bajo las mantas para protegerse de la mirada azul cielo que la hacía temblar. Estaba cansada de mostrarse a hombres extraños, así que, con tal de no exhibir su cuerpo, se había esforzado por soportar el calor asfixiante.

Él se había reído al ser testigo de ese gesto de pudor. Se había limitado a enarcar una ceja, sin decir una palabra, y había vuelto a concentrarse en su trabajo de custodio especial.

Decía que quería protegerla. Selene no comprendía de quién o de qué pero, en cambio, estaba absolutamente segura que tenía que defenderse de él. Lo miraba, no podía evitar que sus ojos cayeran sobre su cuerpo en movimiento; hacía comparaciones con Román y la semejanza física entre los dos hombres la llevaba a bajar la guardia con él. Selene se sentía un asco de persona luego del breve beso que habían compartido, por eso se auto convencía de que el hombre era similar a su Mr. Hielo. Era la única explicación a la inmotivada atracción que había sentido en el instante en que sus labios se habían encontrado.

—Alex, tengo sed —dijo.

Se detuvo. Su pecho pareció relajarse y liberar el aire que hasta entonces había estado conteniendo en sus pulmones. Selene percibía el nerviosismo del hombre pero no estaba dispuesta a intentar hacerlo sentir a gusto al continuar conversando. Era uno de los tantos sujetos desagradables que querían venderla como esclava y no tendría reparos en usarla como objeto sexual: no quería sentir compasión hacia alguien así. Si tan solo la parte más secreta de ella hubiese estado de acuerdo también; habría sido más fácil decidir en consecuencia, sin embargo, allí estaba, observándolo fijamente y haciéndose mil preguntas sobre él, curiosa de saber quién era realmente en la vida.

Alex desapareció detrás de una puerta y regresó de inmediato con una botella de agua de un litro y medio. La abrió frente a sus ávidos ojos, ella sentía la lengua seca; la garganta le picaba y necesitaba algo líquido para refrescarse.

—¿Tú qué me das a cambio? —preguntó.

Selene se enderezó debajo de las sábanas. Sus hombros quedaron al descubierto y el aire hizo cosquillas en su húmeda piel. Fue maravilloso, pero la sensación duró poco porque de inmediato fue sustituida por el horror de esas palabras.

—¿A cambio de qué? —respondió, con cautela.

—Del agua. O piensas que lo hago de buen samaritano.

Le dio la espalda y volvió a tenderse. Un pequeño gemido salió de sus labios cuando se recostó pero se mordió el interior de la mejilla hasta hacerlo sangrar para no dejarle ver cuánto le dolía el brazo derecho.

—Bastardo —murmuró.

—Vamos, Selene, ¿me equivoco o fuiste vendida a un ruso? Me han dicho que no protestaste cuando él te llevó —afirmó.

Román era diferente. Nunca hubiese soñado con amenazarla u obligarla a hacer algo que no quisiera. Nunca la había forzado, lo que ella le había dado había sido fruto de su propia decisión.

Selene escondió el rostro hundiéndolo en la suave almohada. Moriría, pronto, a menos que alguien fuera a ayudarla.

—Me encontrará —susurró.

—¿Te refieres a tu amo? —La había oído a pesar de que apenas lo había murmurado.

—Hemos apagado el móvil que tenías contigo —continuó él—. Tal vez esté desesperado por ti, pero con toda probabilidad ya se habrá comprado otra esclava para reemplazarte.

Él rió pero a Selene no le pareció nada divertido. Basta de hablar. Intentar discutir con Alex la hacía sentirse peor. Le recordaba lo que había perdido al haberse empecinado en marcharse de Rusia para regresar a Italia. Lo que había sucedido era su responsabilidad, Román la mantenía protegida y a salvo. En cambio ella, orgullosamente, se había negado a aceptar lo que Mr. Hielo tenía para ofrecerle, pensando que valía mucho como mujer. Allí estaban los resultados.

—Ten —dijo.

Selene levantó la vista, apartando el rostro de la almohada. Alex le tendía la botella de plástico y la miraba con sus ojos azules llenos de compasión. Perfecto. Ahora le daba pena incluso a los puteros. Un buen comienzo para intentar evitar una violación, sin embargo no quería la compasión de un ser como ese que estaba junto a ella.

—Me das asco. Tú al igual que todos los demás —espetó.

—Bebe esa maldita agua, antes de que cambie de opinión y decida abrir tus hermosos muslos —rebatió él.

Selene se movió para tomar la botella pero no consiguió esconder el dolor que le provocaba el nudo que comenzaba a atormentar la carne de su muñeca derecha. Alex lo notó y se sentó en la orilla de la cama, concentrado en las reacciones de su rostro. Maldición él…

El hombre se inclinó y la descubrió por completo con un rápido movimiento. Selene gimió de placer cuando estuvo libre del calor agobiante.

Lo vio negar con su cabeza, en desacuerdo con su insistencia en taparse. Se elevó por encima de ella y derramó el agua sobre sus expuestos senos. Mierda. Se encontró gimiendo de placer bajo su atenta mirada.

Era un alivio sentir la frescura del líquido deslizarse sobre su cuerpo y refrescarla. Luego más abajo, sobre el estómago y sobre los muslos; más abajo, sobre las rodillas. Cerró los ojos para absorber el goce que le provocaba el agua sobre su piel hirviendo y también para no estar obligada a ver a quien le estaba procurando ese alivio.

—Joder, eres realmente hermosa —susurró Alex.

Se arqueó para buscar el cuerpo del hombre. Fue instintivo. Lo encontró sobre ella, concentrado en sus redondos senos, que se elevaban libres.

Selene lo deseó. Quería hacer a un lado el miedo y el dolor, Alex estaba allí, no Román, pero su rostro estaba cubierto, podía imaginar que había regresado a los brazos de su Mr. Hielo y finalmente sentirse feliz.

—Bebe —le ordenó.

Los recuerdos se detonaron en la mente de Selene. Mr. Hielo que la obligaba a beber vodka antes de tener sexo. El tono era el mismo: "Bebe"

Los dedos presionaron sobre los labios de Alex, delineando los contornos de la boca que acababa de hablar.

—Repítelo —le suplicó.

Echaba de menos a Mr. Hielo. Mucho, demasiado. Hubiese deseado llorar por ese vacío que continuaba devorándole el corazón, pero no podía hacerlo en presencia de Alex. La habría considerado una estúpida y débil mujercita, y ella no lo era, había afrontado cosas peores, con valor, mantendría la sangre fría hasta que esa historia terminase. Le demostraría que era una mujer indestructible.

Su verdugo posó sus labios sobre su palma húmeda y la besó. Selene no pudo creer la descarga de placer que recorrió su cuerpo de la cabeza a los pies.

Le tendió la botella donde había quedado muy poca agua, pero eso bastaría para mojarse la boca y llevar algo de consuelo a su garganta seca. Levantó los hombros para alcanzar el cuello de la botella de plástico y Alex la ayudó a beber.

No habló. Eso la ayudó a no sentirse una estúpida mientras permanecía inmóvil bajo su cuerpo, bebiendo.

La posición en la que se encontraban la volvía vulnerable pero Alex no se acercó a ella, ni intentó tocarla sin su consentimiento. La observó mientras bebía y confiaba en él; no había repetido la frase pero la intensidad de la mirada azul le transmitía todo el deseo que le había provocado que le pidiera que reiterara la orden. Ella misma fue atravesada por un deseo lascivo, porque adoraba que Mr. Hielo mandara en la intimidad y había quedado fascinada por la orden del hombre.

Alex era atractivo. Su cuerpo ágil y masculino se cernía sobre ella. Selene se lamió la boca luego de beber; él reaccionó girando la cabeza hacia la puerta de entrada.

La provocaba con palabras pero luego retrocedía y parecía no estar realmente interesado en ella. ¿Por qué se sentía ofendida por ese comportamiento ambiguo? No lo conocía y, a decir verdad, debería haberlo despreciado por lo que le había hecho.

—Gracias —susurró.

—No pienses que vas a engañarme con un buen par de tetas —estalló.

Si quería humillarla, con esa frase llena de desprecio, lo había logrado, había dado en el blanco. Con el brazo libre cubrió su pecho y él se apartó de ella, alejándose como si Selene hubiese podido transmitirle una enfermedad contagiosa de la que habría sido imposible curarse.

No podía comprenderlo. Leía claro en los ojos del hombre el deseo de tenerla pero la trataba mal con el objetivo de hacerla sentir una estúpida. Por desgracia, conseguía su propósito: el embarazo que le provocaba sentirse atraída por él, hacía que se avergonzara de sí misma. Era ilógico que su cuerpo reaccionara de ese modo a un extraño arrogante.

De repente, el sonido de un disparo borró su pensamiento negativo. Selene se sobresaltó en la cama empapada y miró a su alrededor asustada por la inesperada explosión.

También Alex reaccionó, pero manteniendo los nervios fríos, al contrario de ella que había comenzado a temblar. Se dirigió hacia el mueble que se encontraba bajo el espejo y recuperó el arma que momentáneamente había abandonado para ayudarle a beber.

La tensión colmó el aire. Dejó de mirarla. Se dirigió hacia la ventana. Apartó la cortina y se permitió una colorida maldición. Selene, en tanto, volvió a cubrirse sin nunca dejar de observarlo.

Hablaba en voz baja consigo mismo y parecía enfadado por algo que ella ignoraba. ¡Si tan solo alguien le explicase qué diablos estaba sucediendo y por qué se encontraba atada a una cama! Pero él no parecía querer hacerle el favor de decirle la verdad y, por lo tanto, Selene solo podía imaginar qué era lo que la esperaba. La única certeza que tenía era que se había metido en otro lío y que esa vez no sería fácil salir indemne, lo presentía.

Un nuevo disparo, esta vez más cerca. Selene se cubrió también la cabeza, creando un capullo protector alrededor de su cuerpo. Tenía miedo y esperaba que Alex se moviese de prisa e hiciera algo concreto, porque estaba a punto de tener una crisis histérica debido al pánico. Se encontraba inmovilizada, tenía el brazo extendido sobre la cabecera de la cama, lo que bloqueaba sus movimientos, y eso hacía que se sintiera nerviosa, por decir poco. Estaba atrapada.

—Está bien Selene, yo estoy aquí. Nada te sucederá —le aseguró la voz de su captor, intentando transmitirle algo de calma.

Perfecto. Debía confiar en él y esperar que tuviera buena puntería, porque de lo contrario lo mataría ella misma, en la primera oportunidad disponible.

Pronto le faltó el oxígeno, pero permaneció inmóvil bajo la cubierta protectora, ignorando la intolerable temperatura. Por la rabia de sentirse impotente, comenzó a tirar del nudo que rodeaba su muñeca, gesto inútil que sólo ocasionó que acabara lastimándose más.

Alguien llamó a la puerta. Selene se acurrucó tanto como pudo sobre sí misma, maldiciendo la mañana en que había salido de casa convencida de que regresaría. Su padre le había dicho que no se expusiera por él, lo recordaba, le había manifestado su desacuerdo, pero nada más. Ella se había empecinado, segura de que la situación era fácil de resolver, sin embargo desde ese día había comenzado su infinito calvario.

Era inútil darle vueltas al pasado, podía pensar millones de veces en lo sucedido pero las cosas no cambiarían. Si tan solo Román estuviese con ella, si tan solo…

—¡Mierda! Esos hijos de puta no quieren desistir. —Una voz extraña llegó a sus oídos.

—Sácalos —ordenó Alex—. Tal vez no han comprendido con quién están tratando.

El calor asfixiante hacía que le ardieran los pulmones cada vez que respiraba. El dolor en la muñeca derecha, junto a la debilidad física provocada por las emociones, aumentaban las náuseas y hacían que su cabeza diera vueltas. Las sábanas empapadas, en lugar de darle alivio, se sentían como fuego en contacto con su sudorosa piel.

Cerró un instante los ojos, involuntariamente abiertos como platos por el miedo, y comenzó a vagar en esa confusión de sonidos y ruidos que oía en el exterior. Las palabras de Alex se volvieron indistintas y empezaron a mezclarse entre ellas. El dolor en sus sienes le hizo rechinar los dientes.

El tono de voz del hombre se desvaneció en el aire, sobreponiéndose a otro familiar. Perdió el conocimiento justo mientras su imaginación la hacía oír la voz de Román impartiendo órdenes en ruso. El destino sabía cómo burlarse de ella. Nunca olvidaría a Mr. Hielo, se quedaría en su corazón. Para siempre.

De repente sintió que un trapo mojado humedecía su frente. Despertó de la oscuridad que la había envuelto y lo primero que enfocó fue la imagen del pasamontañas de Alex, inclinado sobre ella. Esa tela gruesa y pesada lo volvía monstruoso. Se sobresaltó al ver los dos espléndidos ojos azules observándola desde debajo la máscara, sin embargo se tranquilizó al convencerse de que tenía que ser él._

Su brazo derecho hormigueaba pero ya no estaba atado a la cabecera de la cama. De nuevo libre, buscó su muñeca con la mano izquierda y la masajeó para aliviar las punzadas que partían de la palma y llegaban a su hombro.

—Prométeme que no escaparás —susurró él.

—Sería una idiota si lo hiciera —respondió.

Alex suspiró con amargura y se estiró para tomar nuevamente su brazo. O al menos eso intuyó Selene, que rodó hacia el otro lado de la cama para evitar ser atrapada. La había liberado, quería disfrutar de esa libertad provisoria. Tal vez, incluso, podría correr hacia la puerta.

—No te conviene intentar desafiarme. Esto no es un juego —le advirtió.

Por supuesto que no, lo sabía. Él tenía una pistola, ella estaba desarmada; él seguramente había cerrado la puerta con llave, ella era una tonta creyendo que no lo había hecho. Dio un puñetazo frustrado a la colcha sobre la que estaba recostada. Lo hizo con la mano buena, para evitar hacerse daño; la derecha aún estaba dolorida. De todos modos, el dolor se propagó por su espalda, que había sido forzada a limitar sus movimientos durante horas, por lo que gimió de dolor.

—Tal vez es hora de encontrarte algo para que te cubras, pero antes déjame ver cómo estás —dijo y gateó sobre la cama hacia ella.

"Peligro", pensó cuando sintió los dedos de Alex rozando su maltratada muñeca. La sensación de calor que experimentó hizo que se enfureciera. Intentó retirarse para no dejar que la tocara, pero él tomó su brazo y examinó la piel amoratada.

Se encontraba demasiado cerca y Selene tenía la sensación de que sus fuerzas la estaban abandonando nuevamente. Su estómago comenzó a gruñir, pero eso no minó la fuerza de voluntad que la había persuadido a resistir la curiosidad que sentía por el hombre. Alex representaba un misterio y ella quería descubrir quién se escondía detrás del pasamontañas.

Se inclinó sobre su cuerpo y besó su muñeca herida. ¿Por qué? El rostro cubierto se presionó contra la piel despellejada, mientras los labios masculinos consolaban y succionaban la excoriación provocada por la cuerda.

Se entregó a esas caricias, acurrucándose bajo él, que se había quitado la camisa. El pecho de Alex era firme y los músculos estaban claramente definidos. Los recorrió con dedos reverentes hasta llegar al vientre plano, donde los jeans apretaban y cubrían sus muslos igualmente entrenados.

"Román", fantaseó ella. Quería sentir el olor de la piel de su captor porque esperaba encontrar el familiar aroma del hombre a quien amaba. Así que se pegó a él, desnuda, presionándose contra su duro torso. Alex se estremeció cuando sus senos lo rozaron y se presionaron contra su fuerte pecho.

Selene, sin embargo, no pudo distinguir los olores. La colonia que utilizaba su secuestrador era intensa y escondía su aroma personal pero Selene no se dio por vencida. Necesitaba a Mr. Hielo y lo estaba buscando, así que se pegó al cuerpo de ese extraño para olerlo y tocar sus músculos. Tenía que encontrar semejanzas con Román, lo quería con toda su alma, echaba de menos terriblemente a su amor y necesitaba sentirse rodeada de afecto sincero.

Al comienzo Alex no reaccionó, se quedó inmóvil, dejándose acariciar, ignorando que se trataba de un desesperado intento por encontrar en él al ruso a quien ella amaba.

Luego, sin embargo, algo cambió. El hombre se alejó para recuperar la camisa que se había quitado y se la arrojó. Selene la atrapó y sintió que la culpa apuñalaba su corazón por haber buscado el calor de otro hombre.

Alex estaba actuando de un modo extraño, esos cambios de humor la sorprendían.

—Ponte mi camisa —le aconsejó.

—Tú fuiste quien me desnudó, ¿no? Devuélveme mi ropa —lo desafió. El patente rechazo de su secuestrador le dolía, incluso cuando sabía que no debería haberlo provocado porque ella le pertenecía a Román.

—Me deshice de ella —admitió—. No podía permitirme correr riesgos.

Selene se preguntó qué tenía que ver el riesgo con las prendas que vestía, pero estaba nerviosa por la facilidad con que Alex la había alejado de él, por lo que abandonó el tema.

Un momento antes parecía estar involucrado con ella, poco después volvía a ser una impasible estatua de mármol. Tal vez no podía tocarlo, pero sí observarlo, y se permitió dirigirle una larga mirada inquisitiva. La engañaban la altura y la prestancia que Alex poseía; Román era tan imponente y atractivo como él.

—Cuéntame algo —continuó—. Ya que te apetece tanto hablar conmigo. El ruso con el que estabas, ¿por casualidad no conseguía satisfacerte?

El tono era arrogante. Si Selene hubiese tenido la pistola entre sus manos, le habría disparado por esa frase insolente con que se había dirigido a ella. Lo enfrentó, cara a cara, dos iris glaciales, furiosos, la clavaban a la cama y la culpaban por algo que ella ignoraba. Alex no podía permitirse hacerla sentir sucia.

—No hables de él. No te atrevas a hacerlo —advirtió.

No tenía derecho a hablar mal de Román. No lo conocía. Mr. Hielo siempre se había comportado amablemente con ella, cosa que no podía decir del misterioso traficante enmascarado.

—¿Por qué no? ¿Me equivoco o hace apenas un momento has intentado follar conmigo? No me vengas a decir que él te importa, porque por como te comportas, no lo parece.

La rabia hervía en las venas de Selene. Tomó una almohada con la mano sana y se la arrojó. Su esperanza de hacerle daño murió rápidamente, pero esperaba al menos darle de lleno en la cara y sorprenderlo. Él interceptó la almohada con facilidad y la arrojó nuevamente sobre la cama.

—¡Entonces realmente eres una puta! —estalló.

La desaprobaba. Intuía todo el desprecio que Alex sentía y lo mismo sintió Selene por sí misma cuando comprendió que el hombre tenía razón. Decía que amaba a Román, pero cuando Alex estaba cerca de ella, perdía la razón y deseaba tocarlo.

—Al diablo —escupió entre dientes, colocándose la camisa que le había prestado.

Finalmente estaba cubierta. Así evitaría muchos problemas. Ya no habría ninguna tentación. Se sintió mejor cuando la tela se deslizó sobre su cuerpo sudado.

—Oye eso, la pequeña Selene maldice —se burló el hombre.

Le dio la espalda, volviendo a tomar la pistola, abandonada sobre el tocador.

"Pequeña Selene", el tono no había sido tierno, ni cautivador y tentador como el que Mr. Hielo usaba con ella, pero entonces, ¿por qué no podía evitar compararlos? Román sabía ser más dulce que el energúmeno que se encontraba a su lado en la habitación.

Había oído los disparos, recordó, y luego nada más porque había perdido el conocimiento. La temperatura en la habitación ahora se había vuelto aceptable. El motivo se hizo claro cuando dirigió la mirada hacia la ventana: estaba abierta de par en par.

No quería continuar hablando con él, así que comenzó a examinar el estado de su muñeca. Había amenazado con volver a atarla pero no había puesto en práctica su advertencia. Tener libertad para moverse le pareció un milagro, de modo que aprovechó para desperezarse y estirarse un poco. Mientras se tensaba sobre la cama para aliviar la rigidez de su cuerpo, sentía la mirada del hombre clavada en ella, pero simplemente lo ignoró.

Extendió ambos brazos, los abrió, y oyó un sonoro "crac" antes de comenzar a experimentar el alivio de su tensión física. Los huesos volvieron a su posición correcta. Encontrarse sin el nudo en la muñeca le provocó una extraña sensación: la invadió un insólito optimismo. Hubiese podido perdonar a cualquiera que le hubiese hecho daño. Incluso a Román por su traición con Tatia.

En el fondo sabía que ya lo había perdonado pero no hacía la diferencia ahora que se encontraba en una habitación desconocida con un extraño verdugo, tal vez dispuesto a venderla a algún traficante de prostitutas. Su Mr. Hielo le había advertido: con hombres como ese no se bromeaba.

La hubiese aliviado bajar de la cama y dar un paseo por la habitación, para de ese modo combatir también el entumecimiento de sus piernas. Intentó moverse a los pies de la cama, flexionó los muslos y encontró reconfortante el contacto con el suelo.

Se puso de pie. No hubo ningún comentario por parte de Alex, así que ganó confianza y se movió. Le dolía el pecho, al igual que la espalda, pero era alentador sentir que la circulación sanguínea reanudaba su curso normal.

El hombre del pasamontañas negro la miraba sin decir nada, desde la esquina más apartada de la habitación, con el arma de fuego en la mano. La sujetaba en su puño. Selene sabía ya que esas balas no eran para ella, sin embargo la mera presencia de la pistola la atemorizaba.

Dio una vuelta alrededor de la cama, regresó, todo en el más completo silencio. Observó sus manos y la hinchazón que notó en su extremidad derecha no la preocupó: lo encontró normal considerando la inmovilidad a la que él la había sometido.

Selene se preguntó si lamentaría haberla tratado de ese modo, sujetándola sobre la cama hasta que estuvo exhausta. Ese hombre debía tener un corazón, ¿cierto? Bueno, tal vez, por como se había comportado con ella, Selene pensaba que no era del todo cruel. Había habido provocaciones pero él nunca había cumplido las amenazas y había tenido oportunidad de hacerlo en más de una ocasión.

Eso quería decir que su objetivo no era hacerle daño pero de todos modos podría haberle ahorrado parte del sufrimiento, al menos para no arruinar la mercadería que revendería.

Lo miró fijamente, intentando sondear en esos ojos azules y descubrir la verdad pero ni sus ojos, ni sus labios, le habrían comunicado más que misterios. Alex seguía siendo un enigma y ella tenía cada vez más curiosidad por llegar al fondo de la cuestión.

CAPÍTULO 5

Llegó su primera noche de cautiverio. El sol se había ocultado hacía tiempo ya y la habitación se había sumido en la oscuridad. Alex encendió la luz de la lámpara de la mesa de noche que se encontraba más apartada de la ventana. Selene intentaba ocultar el nerviosismo que le hacía temblar sus piernas cruzadas. Sentada en la cama, no tenía otra opción más que observarlo a él y a sus movimientos. Su captor había sido la única atracción de la tarde, si no consideraba la posibilidad de mirar a través de la ventana, sin embargo sospechaba que esa no era una opción.

Había faltado realmente muy poco para que la siguiera también al baño. De hecho lo había intentado, pero ella le había lanzado una mirada asesina, lista para insultarlo si daba tan solo un paso más. Él había guardado silencio y había esperado pegado a la puerta, ni que si fuera su guardaespaldas personal. Dudaba que alguien pudiese atentar contra la vida de una mujer mientras estaba sentada en la taza del water orinando.

Se detuvo a observarse en el espejo y gimió cuando la imagen de sí misma, ojeras y rostro demacrado incluidos, le devolvió la mirada desde la superficie reflectante. Parecía una refugiada de guerra.

Tomó la pastilla de jabón envuelta en papel dorado y leyó el nombre del hotel. Estaba en lo cierto: era un hotel italiano, sin embargo el nombre no le resultaba familiar. No sabía en qué ciudad se encontraba. Suspiró y se alisó el cabello. Hurgó en los cajones buscando un cepillo o cualquier cosa que pudiera resultarle útil para no tenerlo así, revuelto y anudado. No sentía la necesidad de cuidar de sí misma pero al menos calmaría sus estresados nervios.

No encontró nada con que peinarse y maldijo al hotel por el horrendo servicio. Por lo general, los cepillos para el cabello no estaban incluidos entre los accesorios que se ofrecían, aún así ella esperaba encontrar la excepción.

Sus ojos se toparon con la ducha y en su interior se despertó un enorme deseo de meterse bajo el agua y limpiar toda esa humedad que sentía en su piel. Por desgracia, alguien a quien conocía llamó reiteradamente a la puerta, arrancándola de su ensoñación.

—No se necesitan siglos para orinar —señaló Alex.

—Quería tomar una ducha.

Silencio. Y luego...

—Ni siquiera lo intentes. A menos que yo también pueda meterme bajo el agua contigo, no harás nada sola.

Una colorida palabrota llegó de improviso a su mente y se sintió tentada de pronunciarla a viva voz pero, a último momento, decidió morderse la lengua. No quería darle la satisfacción de verla enfadada, de modo que guardó silencio.

Se quitó la camisa y decidió desafiarlo. Desafortunadamente para él, el baño estaba provisto de una llave que Selene giró en la cerradura para evitar que pudiera entrar.

—¿Selene? —la llamó.

Selene un cuerno. Abrió el grifo de la ducha, anticipando el placer del calor del agua sobre ella. Detestaba la sensación del sudor sobre su cuerpo, el cabello reseco le causaba dolor de cabeza. Pensó que podía disfrutar de esos pocos minutos a solas, se los merecía después de la tortura que había sufrido durante ese día.

Tomó las toallas que había encontrado en los compartimientos de debajo del lavamanos y las colocó cerca de la ducha para cogerlas fácilmente una vez terminado el baño, luego entró.

Alex insistía. Llamaba continuamente e insultaba, profiriéndole coloridas maldiciones en italiano. Comenzó a silbar con alegría, burlándose de él. Si pensaba que seguiría sus órdenes como una marioneta, estaba muy equivocado. Aún era una mujer libre, por lo tanto tenía todo el derecho a tomar un baño caliente.

—¡Mierda, Selene! ¡Mierda, no sabes lo que haces! —repetía.

Hacerlo enfadar la divertía. Selene reía mientras se enjabonaba el cabello con el pequeño frasco de champú neutro que el hotel proveía.

Pensaba que había ganado la batalla pero un ruido sordo en la puerta le hizo temer lo contrario.

Aguzó el oído, intentando captar el molesto estruendo. Se trataba de la puerta, no había dudas. Abrió el compartimiento de la ducha y descubrió que Alex estaba intentando derribarla para entrar.

—Pero, ¿te has vuelto loco? —gritó.

Ese hombre estaba loco, completamente loco.

—¡De los dos, eres tú quien tiene algún tornillo flojo! —gritó él en respuesta.

Se aclaró el jabón con el que se había masajeado la cabeza. Ni siquiera una ducha en paz podía permitirse… intentó apresurarse para evitar su calamitosa entrada pero pocos minutos después Alex estaba dentro y abría el box de la ducha, tomándola impetuosamente para atraerla a sí.

La presión en su hombro derecho le provocó una punzada de dolor que se extendió hasta sus dedos.

La obligó a salir. Selene no pudo siquiera cerrar el agua, que continuó cayendo mientras ella intentaba rebelarse y soltarse. Pateó e intentó arrojarle puñetazos, en vano, porque Alex era más fuerte. Finalmente fue él quien cerró el grifo._

La condujo de nuevo a la habitación, desnuda y goteando. No dejó escapar la ocasión para aporrearlo y vengarse por la violencia con que la trataba. Emprendió un ataque obstinado, le dio patadas y puñetazos, incluso dejó de respirar para intentar golpearlo. Unos pocos golpes llegaron a destino pero Alex no se dejó intimidar y muy pronto pudo detenerla definitivamente.

—¡Maldito bastardo! —estalló.

—Pero qué femenina eres... —murmuró—. Mierda, intento protegerte y tú tomas una ducha, tranquila, luego de un tiroteo que nos ha vuelto vulnerables. Eres un genio.

Intentó alejarlo y recuperar por sí misma el equilibrio. El peso de su cuerpo ahora descansaba completamente sobre él. Parecía casi una broma del destino tener que estar frente a Alex sin ropa, se estaba volviendo costumbre.

Jadeó, presa de la desesperación. Lo que estaba sucediendo no era su responsabilidad; ni siquiera sabía por qué motivo la había llevado allí. ¿Cómo podía exigirle obediencia?

Le dio una última patada para demostrarle que estaba cabreada y molesta por el comportamiento arrogante con que la trataba, pero él la detuvo, cogiendo su empapada pantorrilla. Se las ingenió para hacerle perder el equilibrio, sin embargo en el último momento y por fortuna pudo recuperar estabilidad en sus piernas.

¡Maldito! Esos ojos azules la miraban con tal arrogancia que la enfurecían. La boca de Alex estaba torcida en una mueca burlona. Así que quería guerra. Selene no se echaría atrás.

Cargó el peso de su cuerpo hacia delante y se arrojó sobre él, con intención de hacerlo caer al suelo. El pecho de Alex era una muralla pero cuando lo sintió vacilar pensó que había logrado su objetivo. Se regocijó por la victoria.

Ambos cayeron al piso, sin embargo la felicidad que experimentó se desvaneció cuando notó que estaba tendida sobre él. Mojada, sus muslos se pegaban a la tela de los jeans de su secuestrador. La erección de Alex, ya imposible de ocultar, presionaba contra su costado.

Selene tragó, pensando que se había comportado como una niña, ¡pero él la había instigado! De todos modos, no tenía excusas. Permaneció inmóvil, esperando que Alex la sacara de ese enredo.

Su pecho jadeante subía y bajaba encima de él: piel húmeda contra piel seca. Posó su cabeza mojada en el hueco del cuello de su verdugo y la tela del pasamontañas la irritó.

Sus pezones erectos eran estimulados por la ligera capa de vello de su pecho. Cerró con fuerza los párpados, suplicando a cualquier entidad celestial que la salvara de esa vergonzosa situación. Ahora sí que podría aprovecharse de ella.

—No puedes creer que sea capaz de resistirme a ti —la cuestionó—. Soy un hombre, estoy hecho de carne.

Quería ver el rostro de Alex, descubrir la cara del secuestrador que la estaba llevando al límite. Pasó la palma de su mano por su pecho, sintiéndolo húmedo, y bajó para rodear la erección que ocultaban sus jeans.

Él gimió. Selene se preguntó si podrían pasar el tiempo juntos haciendo algo más que pelear.

—Puedes aprovecharte de mí —susurró en su oído—. No te lo impediré.

La hizo girar sobre su espalda y reclamó un beso. Se lo permitió. Cerró los ojos e imaginó que estaba abrazándose a Román. Era tan fácil fantasear que era él y no Alex el hombre que la estaba besando. Se perdió en ese beso. La lengua de Mr. Hielo, no, de Alex, se metió en su boca y entró en contacto con la suya, seduciéndola para hacerle entender que la quería. Entonces ella no le era indiferente como parecía, estaba cediendo a la pasión.

No pensó si estaba bien o mal; echaba de menos todo de Román y Alex era el mejor modo de olvidar el abrumador vacío que otro había dejado. Así que le sentaba bien, le permitiría acariciarla.

Por un instante creyó que retrocedería, como otras veces, pero no lo hizo. Se tendió sobre ella, hambriento de su boca. Selene se sintió mareada y se sobresaltó, desconcertada por la sensación de estar cayendo en un abismo que repentinamente se había abierto bajo de ella. Y sin embargo se encontraba inmóvil, abrazada a él, con los hombros firmemente apoyados contra el suelo. Alex hundió la mano entre sus cabellos, peinándola con dedos febriles, tiró de ellos, los apretó en su puño cerrado y se llevó un mechón a la nariz cubierta por la pesada tela.

Selene no se rebeló y reaccionó intentando quitarle el pasamontañas. Ahora tal vez confiaría en ella y le mostraría su rostro. Se estaban besando, por lo que realmente creía que le dejaría hacer a un lado la lana que los separaba.

Sin embargo, se equivocaba. Alex se alejó con un brusco movimiento cuando ella cerró sus dedos sobre el borde de la tela para levantarla; sacudió la cabeza para negarle ese acceso y se puso de pie tendiéndole la mano.

La izó para luego tomarla en brazos y hacer que se pegara a su macizo cuerpo. Selene no comprendía, miles de emociones la confundían, y se preguntaba por qué él se negaba a dejarle ver su rostro. Llegó a pensar que estaba desfigurado y por eso se avergonzaba de mostrarse.

Intentó hablarle y tranquilizarlo; no retrocedería incluso si bajo el pasamontañas descubría una cicatriz, o peor aún, una quemadura. Pero él se le anticipó.

—Si no me miras, puedes imaginar a cualquier otro en mi lugar.

La afirmación la hirió, porque era cierta. Alex era un hombre notable, la atraía, pero Selene necesitaba perderse en los brazos de Mr. Hielo. Sin embargo, su rostro oculto la intrigaba cada vez más, incluso llegaba a obsesionarla: deseaba descubrir sus rasgos.

—¿Por qué piensas eso? Quiero verte —dije.

—No —espetó él—. Tú no quieres verme a mí.

La presión que ejercía sobre ella se debilitó; la excitación se desvanecía. Selene estaba jugando con fuego, lo sabía. Ese hombre no era estúpido, había intuido que algo en ella estaba a punto de estallar pero decirle que deseaba a otro con una imperiosa necesidad, seguramente no le haría ganar la aprobación de Alex.

—Sé que es así —susurró.-

—¡Te equivocas, no sabes nada, nada! —El calor del deseo compartido la había inflamado pero en ese momento había regresado la sensación de estar mojada y desnuda frente a un hombre que la estaba rechazando. De nuevo, una vez más.

—Sí que lo sé —replicó—. Sé mucho de ti. Permitías que te follara ese pedazo de mierda, el mafioso ruso.

Las palabras de Alex la dejaron pasmada allí donde estaba, marcándola con su crueldad. A pesar de la humedad asfixiante de la habitación, sintió frío. Se soltó de ese abrazo que los mantenía unidos y le dio la espalda mientras su corazón agonizaba en su pecho. Regresó en silencio al baño y tomó una de las grandes toallas que había sacado para cubrirse.

—Al diablo —respondió—. Tú no puedes comprender.

Deseaba gritarle todas esas coloridas palabrotas que pasaban por su mente, pero el deseo de hacerlo desapareció cuando sintió que los brazos del hombre rodeaban sus hombros y la atraían hacia él. Selene se abrazó a la toalla, reprimiendo las lágrimas. También Alex conseguía hacerla llorar y, hasta el momento, únicamente Román había sido capaz de hacerlo.

—Perdóname —murmuró—. Lo siento, soy un imbécil.

Se estrelló contra su pecho desnudo. Todo sobre él la trastornaba, desde su voz sensual hasta su cuerpo escultural. ¡Y lo conocía hacía tan solo unas cuantas horas! Cuando lo oía hablar le parecía escuchar el tono firme de Mr. Hielo, y sus modos, arrogantes y decididos, le hicieron creer que podía ver en él a Román. Estúpida.

—Estoy celoso de ese ruso —murmuró sobre su hombro, besándolo suavemente—. Porque te ha tenido solo para él durante estos meses.

Selene hubiese querido girarse y apartarlo, ordenarle que nunca volviera a tocarla, solo para herirlo y aclarar sus posiciones. No le permitiría que se acercara, no... sin embargo, se relajó contra él y su firme pecho le dio la bienvenida a su espalda. El insano deseo de seducirlo regresó con prepotencia.

—¿Celoso? —balbuceó. No tenía sentido, ella no era nada para él.

Por eso Alex era peligroso. Ante la palabra "celos", Selene se sintió renacer. El cansancio había desaparecido. Movió el muslo para frotar su pantorrilla contra la suya y percibió que él contenía la respiración. Había comenzado a mover sus caderas para provocarlo.

La erección aún estaba dura y ella se frotaba contra esa hinchada protuberancia sin pudor.

—Te habría comprado yo —susurró, ronco—. Te habría follado hasta el cansancio, pero no habría sido tan jodidamente idiota como para dejarte ir. Te habría atado, precisamente como he hecho, y me habrías suplicado que tuviera sexo contigo.

Un placer líquido se formó entre sus muslos mientras absorbía la sincera confesión de Alex. Se encontró con sus ojos azules, que la miraban tórridos.

—Entonces no me vendas —le rogó. Habría hecho cualquier cosa con tal de no encontrarse de nuevo en una situación de inferioridad frente a una manada de hombres cachondos. Incluso acostarse con Alex.

—Eres mía, no tengo intenciones de entregarte a nadie —le confesó—. A nadie, nunca.

Selene sintió gratitud. La conservaría y no la exhibiría en una compraventa de personas para hacerla entrar en una red clandestina de prostitución. La historia no se repetiría y el deseo que sentía por Alex la llevaba a creer que podía olvidar el hecho de que también él estaba involucrado en ese asunto todavía incomprensible. Un traficante italiano; un malviviente del que apenas sabía el nombre.

—¿Cómo sabes quién soy? —lo interrogó.

—Preferirías no saberlo, créeme. —La presionó contra su incontrolable erección y Selene dejó caer la toalla, cautivada por el tono bajo y erótico con el que la estaba seduciendo.

Odiaba sentirse en deuda con alguien pero él había logrado infundirle gratitud y ahora quería retribuirlo. Le creyó. Enfrentó la mirada cargada de deseo y decidió confiar en ese hombre: realmente la estaba protegiendo.

—¿Por qué me proteges y de quién? —insistió.

—Deja de hacer preguntas —el ruido de la cremallera de los jeans la distrajo—. Estoy aquí para ti. Úsame para pensar en tu ruso, si quieres, pero no me lo digas.

Lo miró: desnudo de las rodillas para abajo; con la apariencia de un vulgar criminal listo para poseerla, con su dura erección que asomaba entre el escaso vello de su pubis. Si no hubiese tenido esa especie de máscara… la excitaba y al mismo tiempo le infundía temor el ver a un hombre desnudo con el rostro cubierto.

Selene se humedeció los labios y él gimió expectante. Pasó por segunda vez la lengua sobre su boca, fortalecida por el poder que tenía sobre él. Con Román era difícil sentirse una mujer capaz de hacer caer en la tentación a un hombre; siempre había sido el ruso quien manejaba su mundo de sexo y dependencia obsesiva.

—Hay algo que puedo hacer por ti —lo provocó.

Alex estaba temblando. Se sintió orgullosa de haberlo enredado y también excitada por la sensación de lo prohibido entre ellos. No deberían haberlo hecho pero a ninguno de los dos le importaba. Selene se preguntó por qué percibía dudas en él, sin embargo eso la impulsó a hacerlo capitular definitivamente. Así que acercó su cabeza a la erección ya preparada para la acción y se recostó sobre el tenso muslo de Alex, haciéndole sentir sus largos cabellos mojados.

—Haz lo que quieras —le suplicó—. Pero déjame sentir tu boca.

La sonrisita divertida con que la desafío, silenció cualquier duda de Selene. Se puso de rodillas frente a él y no dejó de mirar sus ojos azules. Por un momento, solo un segundo, otros ojos se superpusieron a los de Alex y una vez más se sintió culpable. Se demoró pero finalmente cubrió con su boca la turgente erección. Solo por esa vez, se dijo, en el fondo quería saldar una pequeña deuda. "Pero no convirtiéndome en su puta" se regañó.

Lo envolvió con su lengua y comenzó a estimularlo para llevarlo a la locura. Román le había enseñado cómo complacer a un hombre y ahora ella sabía qué hacer para que un miembro de esas dimensiones se corriera pronto.

Lo tocó con sus dedos mientras se movía hacia arriba y hacia abajo para provocar que su placer creciera. Mr. Hielo generalmente le hablaba cuando lo hacía, insultándola o incitándola a tomarlo todo en su boca, o se quedaba en silencio, para contener el placer hasta el final. Alex, en cambio, era diferente; gruñía y jadeaba en voz alta. A Selene le gustaba.

Parecía a punto de perder la cabeza.

—¡Ah! —gritó y una oleada de placer golpeó a Selene.

El olor, el sabor de Alex estaban en su boca y... se detuvo, con la erección aún contra su lengua. Poco a poco levantó la cabeza hacia él que ahora la miraba, jadeando. "Continúa" le ordenaba con la mirada. Pero ella estaba desconcertada por el sabor de su captor: era muy similar al de Román.

No podía equivocarse. Conocía el aroma de su hombre y muchas veces había disfrutado del sentirse rodeada por los humores de Mr. Hielo.

Alex perdió la última pizca de lucidez y acercó la mano a su nuca, empujándola a continuar.

Presionó la cabeza de Selene contra él, tal vez con excesiva vehemencia, y ella continuó masturbándolo con sus labios.

Cerró los ojos y se sintió abrumada por la familiaridad de la situación. Imaginó a Román sobre ella, ordenándole que lo chupara y que no se detuviera ni siquiera cuando se corriera en su boca.

—Joder —explotó Alex.

Selene confundía cada vez más a los dos hombres. A esas alturas estaba segura del problema que tenía y también del motivo por el cual cedía tan fácilmente ante su verdugo.

—Espera, pequeña, quita...no... —fue un intento vano por alejarla antes de correrse. Cuando el esperma inundó su garganta, Selene tragó y nuevamente sintió que ya había saboreado antes a ese hombre.

—No, mierda —masculló él entre dientes, pero el placer no quería detenerse y Selene no se echó atrás. Lo tomó todo.

Alex la miraba mientras tragaba el semen. Selene se alejó con el cabello frente a su rostro y tomó consciencia de la estupidez que acababa de hacer. Felicitaciones, acababa de superarse a sí misma en superficialidad. Si antes estaba disgustada por su propio deseo, ahora se sentía un verdadero asco de mujer.

Ella quería a Román, no a Alex. Román era el hombre del que estaba enamorada pero entonces, ¿por qué se había entregado tan fácilmente a alguien que la deseaba y nada más? Al menos Mr. Hielo había cuidado de ella, en cambio su secuestrador ni siquiera le permitía tomar una ducha en paz.

—Selene... —susurró.

La había llamado pequeña mientras estaba perdido en los espirales del placer. No quería que se dirigiera a ella con un apodo que estaba reservado a otro. ¡Dios! ¡Qué tristeza! Clavó sus rodillas en el suelo y anclándose en ellas con fuerza, se puso de pie, esquivando a Alex con un rápido movimiento. No había límite para lo peor, pensó. Se había convertido en una tipa "fácil" y se iba a la cama con el primer hombre que el destino le ponía enfrente.

—Selene —intentó nuevamente.

—No, ahora no —suplicó.

Se arrojó sobre la cama, haciendo caso omiso a su desnudez, y se arrastró hasta la almohada. Escondió el rostro en esa suave superficie y esperó que Alex la dejara en paz.

Lo había traicionado. A él, a Román, al amor de su vida. Cuántos lindos discursos se había dado, acusándolo de que solamente la había usado. Incluso le había echado en cara cuánto asco le daba saber que había tenido sexo con Tatia mientras se la estaba tirando a ella. Y ahora... ciertamente no era mejor que Mr. Hielo.

—No has hecho nada malo —intentó calmarla.

¡Como si pudiese comprender! Alex era solo uno de los tantos hombres en el mundo que tenía un físico atractivo, pero Román... él.

—¡Déjame en paz! —le gritó.

Pero no la oyó. Las sábanas se levantaron. Selene se volvió bruscamente para desahogarse y lo vio, desnudo, completamente desnudo, tendiéndose en el lado libre de la cama. Su expresión era indescifrable, se cubrió y permaneció con la cabeza oculta por el pasamontañas.

—Duerme —le ordenó.

—¡Maldito bastardo, solo eres un maldito bastardo! —gritó y se lanzó sobre él para arañarlo e intentar quitarle esa puñetera máscara.

Pero Alex no se dejó intimidar por esa violenta reacción, la tomó por la cintura y la obligó a permanecer tendida a su lado. Sujetó su muñeca derecha para hacer que se mantuviera inmóvil. Le dolía y, por lo tanto, el más mínimo movimiento le provocaba punzantes dolores. No pidió permiso, la colocó debajo de él y sus cuerpos desnudos entraron en contacto.

La sensación fue increíblemente perfecta. Selene no podía ver nada de malo o de sucio en ese acto tan dulce. Cuando luego la envolvió, la protección por la que se sintió cobijada hizo que se acurrucara contra él.

—Me vine rápido —señaló.

—Mh —fue toda su respuesta. Recordaba los momentos en los que Mr. Hielo también perdía la cabeza por ella.

"Román, te echo de menos" pensó.

—Lo he deseado desde que te traje aquí —admitió—. Te até con la idea de que me tomaras en esa hermosa boca tuya pero no pensé que fuese posible —confesó.

Tampoco ella lo creía, no creía que pudiese sentir una atracción similar por un hombre que no fuera su Mr. Hielo. ¿Permitiría que Alex tuviera sexo con ella?

Analizó cómo se sentía al encontrarse debajo de él y se admitió a sí misma la verdad: tarde o temprano se irían a la cama juntos, era solo cuestión de tiempo.

CAPÍTULO 6

Despertó en medio de la noche y tembló de miedo al notar la densa oscuridad que reinaba en torno a ella. La lámpara de la mesa de noche había sido apagada, debía haberlo hecho Alex cuando el sueño la había arrastrado consigo a causa de la fatiga.

Sus piernas estaban entrelazadas con las del hombre; sus brazos lo rodeaban, envolvían su cuello. El calor se hacía sentir, estaba empapada en sudor y también él lo estaba. No imaginaba lo mucho que estaría sufriendo cubierto por el pasamontañas.

—¿No puedes dormir? —le preguntó.

—Estás despierto.

Cómo había podido dormirse en brazos de un extraño era una cuestión en la que no quería detenerse. Prefirió concentrarse en su cuerpo y, tal vez, con algo de sana racionalidad, alejarse de él para recuperar el control de sí misma.

—Mañana por la mañana nos iremos de aquí —le advirtió.

—¿Y me lo dices ahora? —se quejó.

—Antes estábamos ocupados.

Lo sintió tensarse bajo ella. ¿Se estaba riendo? Hubiese querido verlo sonreír. ¡No, maldición, no quería verlo reír! Se liberó del abrazo e intentó ponerse cómoda. Cuando cargó su peso sobre su brazo derecho, su muñeca protestó y ella gimió de dolor.

—Con cuidado —se preocupó él.

Selene sintió el rostro de Alex acercarse a sus pechos. El rostro… de inmediato buscó el cuello del hombre con su mano libre y lo encontró sin cobertura. Subió a la mejilla y su piel áspera le hizo cosquillas en la palma.

—Eh, ¡cuánta curiosidad! —bromeó—. Me siento honrado.

Ignoró incluso el dolor en su muñeca, solo para tocarlo. Extendió ambas manos y las posó sobre el rostro de Alex.

—Quiero verte —dijo.

—No, no puedes —respondió el hombre—. Es mejor para ambos. No por el momento.

Alex no podía saber ni remotamente qué era lo mejor para ella. Subió por sus pómulos; luego por sus ojos y por último tocó su cabeza. Prácticamente rogó encontrar los familiares rizos de Mr. Hielo, pero su captor estaba casi completamente calvo. El corte era militar, muy corto, tanto que le pinchó las yemas de los dedos..

—Duerme, Selene —le ordenó.

—No me des órdenes, Alex, no las aceptaré de ti.

Estaba furiosa consigo misma. Por supuesto, los ojos azules habían sido prueba suficiente pero ahora también el corte de cabello le daba una prueba decisiva: no era Román.

El hombre pareció despabilarse y la hizo girarse de lado, obligándola a permanecer boca arriba, debajo de él. Ahora Selene lo sentía por completo, orgulloso y excitado en contacto con ella. El perfume de Alex ya no estaba cubierto por la colonia, que se había desvanecido, ahora era el olor natural de su piel y olía a hombre. Román…

Se besaron. Cerró los párpados, en la oscuridad los ojos le eran inútiles, pero sus labios no lo eran y ellos empezaron a disfrutar de la boca de Alex. Mordiéndose, lamiéndose y al final seduciéndose: lo estaban haciendo. Él estimuló sus pezones con sus dedos y Selene ya no pudo distinguir dónde comenzaba la realidad y dónde terminaba la fantasía: era Mr. Hielo quien la acariciaba; era él quien hundía el rostro entre sus senos y lamía sus pezones.

Gimió, mientras los dedos del hombre se deslizaban entre sus piernas y la encontraban.

—Román —susurró en voz baja, olvidando que se encontraba con otro hombre—. Román, Román —lo llamaba.

En su mente se concentró en la imagen erótica de su amante tomándola desde atrás. ¡Ah, sí! Arañó sus musculosos hombros. No estaba coqueteando con su secuestrador sino con un ruso de mirada depredadora y maneras de señor.

—Vamos, pequeña luna, córrete para mí.

Pequeña luna. La voz de Román en algún lugar de su cabeza le imponía que se dejara ir y ella nunca tendría la fuerza de negarle su placer, nunca.

Se corrió en los dedos de otro hombre, mientras su único pensamiento se dirigía a Mr. Hielo y al modo en que su cuerpo se desarmaba cuando él, durante el sexo, le susurraba que se corriera.

Regresó a la oscuridad de la habitación jadeando, con las manos de Alex envolviendo su cintura y su rostro escondido en el hueco de su cuello.

Se había destapado mientras él la acariciaba. Sintió el deseo de acurrucarse contra ese firme cuerpo masculino pero luego desistió: había susurrado el nombre de otro hombre varias veces y no le parecía correcto buscar refugio entre los brazos de Alex.

—Ahora, duerme —la intimó.

Selene se preguntó por qué todos los hombres con los que compartía momentos de intimidad tendían a dominar. Román tenía el encanto del dominador y lo adoraba cuando se permitía hacer de amo, pero no aceptaba el mismo comportamiento de su captor y las órdenes que le impartía la enfurecían. Ella se pertenecía a sí misma.

—¿Por qué no me follas? Así nos lo quitamos de en medio, además finalmente tendrás aquello por lo cual me has traído aquí —lo desafió descaradamente.

Alex tomó distancia, rodando al otro extremo de la cama. Selene no podía ver nada pero echaba de menos el cuerpo caliente y excitado sobre ella. Diablos, esa necesidad de un hombre la hacía sentir vulnerable. Y no de uno cualquiera…

—No me tiro a una mujer que grita el nombre de otro cuando se corre. Te dije que no me lo dijeras. ¿Era tu amo ruso? —lo dijo sin ninguna inflexión en su voz, no parecía enfadado ni decepcionado, tampoco amargado. Simplemente estaba constando la verdad.

—Sí. —No le apetecía explicarle su historia. Román no era solo su dueño, lo que los unía a ella y a Mr. Hielo iba mucho más allá de la propiedad de su cuerpo, pero eso no era asunto de Alex. De modo que el tema estaba cerrado. Rodó sobre su costado y abrazó la almohada, esperando recuperar el sueño perdido.

Él rompió el silencio.

—¿Lo amas? —¿Por qué le importaba saberlo? Por un momento estuvo indecisa sobre si responder o no, pero luego pensó que no corría peligro al confesar sus sentimientos.

—Lo amo —admitió. Tomó el edredón entre sus dedos y se cubrió, no por el frío – el calor continuaba haciéndola sudar- sino porque quería dejar de sentirse expuesta en presencia de ese hombre. La sensación era desagradable.

Y además quería llorar, acurrucada bajo las mantas, porque estar lejos de Román comenzaba a ser intolerable. Se culpaba a sí misma por haberlo dejado y se decía que era una estúpida por no haberlo perdonado de inmediato. Cualquiera podía cometer un error y Mr. Hielo estaba ligado a su prometida desde siempre. Tal vez se había comportado como una niña.

El cuerpo de Alex se giró hacia ella y la rodeó. Al comienzo sintió el impulso de rechazarlo y reprenderlo, remarcando la importancia de no estar demasiado pegados, pero luego el aliento de él sobre su piel caliente le provocó un agradable estremecimiento y se volvió débil como la gelatina.

—Entonces, ¿por qué regresaste a Italia?

Un interrogatorio. Sí, ¿por qué? En ese momento, ya ni siquiera Selene lo sabía con certeza. Orgullo, ese era el problema, no había podido hacer a un lado el orgullo y había perdido a Román por defender una absurda dignidad. Se había despedido de él, no era de extrañar que no hubiese corrido tras ella a Italia.

—Desearía no haber regresado. Me traicionó y estaba furiosa con él por haberme usado. —Admitirlo en voz alta fue liberador.

Suspiró afligida pero al mismo tiempo libre de un gran peso que había aplastado su corazón hasta ese momento. Se giró hacia Alex y depositó una mano sobre su pecho, luego la frente y, al final, entrelazó de nuevo las piernas con las suyas. Quería que la consolara.

Un sollozo, luego otro y se deshizo en lágrimas contra su captor. Él no habló pero la abrazó con fuerza, acunándola contra su magnífico pecho. Ya no estaba excitado, sin embargo Selene, aún en medio de sus lágrimas, no podía ignorar la atracción que sentía por el hombre. Eso hacía que su humor empeorara.

Ella, que decía amar a Román; ella, que en verdad lo amaba con todo su ser, se abandonaba al placer en los brazos de otro, feliz de gozar. No se entendía.

Se quedó dormida en esa posición, exhausta por haber llorado a mares. El sueño fue ligero y con algunos sueños confusos e imprecisos. De tanto en tanto, cuando emergía la desesperación que la invadía por la noche, oía la cálida voz de su ruso murmurándole al oído palabras en ese espléndido idioma, que la tranquilizaban y le decían que la amaba. Y ella se encontraba llorando, porque no había tenido la posibilidad de confesarle cuánto lo amaba, a pesar de todo.

Por la mañana despertó con la luz que se filtraba a través de las ventanas. Parpadeó y buscó a Alex en la habitación. La barrió con la mirada y lo vio vestido, de nuevo con el pasamontañas en su rostro, cargando dos armas de fuego.

Se le puso la piel de gallina.

—Buenos días —le dijo.

—Pésimo, a decir verdad —respondió.

Lo oyó reír de su respuesta. Luego se inclinó hacia delante para arreglar los juguetitos con los que estaba trajinando y Selene tuvo una perfecta vista de su trasero envuelto en los jeans. Lo habría apretujado entre sus manos si hubiese estado más cerca de la cama.

Lo deseó a primera hora de la mañana, en ayunas; le dolían los pechos por el deseo de sentir sus dedos. Inmediatamente apartó la mirada de la tentación. Ahora que entre ellos se había creado una especie de confianza, no podía pensar en otra cosa que no fuera tener sexo con él.

—Fuiste amable anoche —admitió—. Gracias.

—Levanta tu lindo trasero, pequeña —la intimó—. Tenemos que salir de aquí si quieres seguir sobreviviendo.

Ni siquiera la miró y eso tuvo el poder decepcionarla. Pensaba que el deseo era mutuo, sin embargo Alex estaba concentrado en las armas. Puso morritos y comprobó su muñeca derecha, para mantener su mente ocupada en otra cosa. Definitivamente tenía que hacer algo por su piel, porque estaba bastante lastimada.

Notó que había ropa sobre la cama. Eran prendas femeninas: un conjunto de lencería negra, pantalones piratas hasta la rodilla y una camiseta de color amarillo claro haciendo juego. Finalmente vestiría decentemente.

Se puso de pie, dando un gritito de alegría. Tomó la ropa y la abrazó; dio una vuelta sobre sí misma y sintió que la vida comenzaba a sonreírle. Por tan poco, pensó entonces, pero le parecía mucho si consideraba el encarcelamiento al que nuevamente estaba siendo forzada.

Alex la observaba fijamente. Selene no había notado que los ojos del hombre estaban clavados en ella. Le sonrió con picardía, fingiendo inocencia. Él debió comprenderlo porque negó con la cabeza y le dio la espalda.

—Te prefiero desnuda —afirmó.

Estaba comenzando a creer que también lo prefería desnudo, pero excepto la tarde y la noche anteriores, no había tenido oportunidad de confirmar su teoría.

Lo observó mientras se giraba para quedar nuevamente cara a cara con ella y se detuvo en la entrepierna de sus pantalones. Esa parte de él le gustaba mucho, ya se habían conocido un poco.

—¡Mierda, Selene, evita mirármela de ese modo si no quieres terminar en el suelo en cuatro patas!

Volvió a mirar los ojos azules, brillaban con malicia. Respondió con igual audacia, arrojando la ropa sobre la cama y mostrándose ante él. Lo estaba provocando y era divertido hacerlo, porque reclamaba el deseo de Alex.

Ahora.

Dio unos saltitos para tomar el sostén: el espectáculo estaba reservado a él y a nadie más. Lo arrojó nuevamente sobre la cama, inclinándose para tomar las braguitas y en ese momento él se le acercó. Había funcionado. Su trasero era una parte de su cuerpo apreciada por el género masculino.

Su corazón comenzó a retumbar en su pecho. Si hubiese sido Mr. Hielo la habría clavado a la cama y habría abierto sus piernas ansiosamente para poseerla, vestido. Pero ese que tenía en frente era otro hombre y no sabía cómo reaccionaría. En la parte más recóndita de su ser, deseó que se comportase como Román. Quería la violencia con la que la trataba su hombre, porque la excitaba a morir.

Alex se detuvo a un paso de ella. Ese grueso pasamontañas_que lo cubría no podía ocultar el deseo que ardía en los iris color cielo.

—Creo que debería vestirme ahora —balbuceó—. Tenemos prisa.

Las armas habían quedado sobre el tocador, cargadas, pero a Selene no le importaban esos artilugios peligrosos. Lo que quería estaba junto a ella y al diablo, lo tendría, luego se preocuparía por el remordimiento.

Pero Alex la sorprendió.

No la asaltó con deseo, llevó su mano a su mejilla y la acarició hasta que alcanzó sus labios entreabiertos que temblaban por él.

—Tu vida es más importante —susurró, con voz ronca.

Su estómago se cerró y no a causa del hambre. Su deseo por él se intensificó cuando le respondió de ese modo tierno y generoso. Sus pies se movieron solos, no pudo contenerse, se arrojó a sus brazos, pidiendo alivio a ese desenfrenado deseo. Conocía pocos hombres con tanto autocontrol como para rechazar a una mujer, uno para ser exactos. Tenía que dejar de comparar a Alex y a Román, antes de que su cerebro los identificara definitivamente y, así, ella se encontraría amando a dos personas.

—Eres increíble —susurró en los labios del hombre—. Increíble —repitió. No encontraba la palabra justa, el nuevo sentimiento que experimentaba se aproximaba peligrosamente a la admiración.

Él, hambriento, la besó, dándole una pequeña probada de lo que ella deseaba de Alex. Lo tenía en un puño, lo había conquistado y ahora ya no tendría escapatoria: la pasión entre ellos estallaría, obligándolos a ceder. Envolvió su rostro cubierto entre sus dedos y lo sedujo chupando su lengua.

Podría hacerlo de nuevo. Tomarlo en su boca y instarlo a que se relajara, llevándolo al orgasmo. Pero él no quiso, le hizo comprender que deseaba detener ese beso, insuficiente para ambos pero necesario.

No la estaba rechazando, sólo posponía lo inevitable para otro momento. Selene se separó de él y tomó las ropas que le había encontrado quién sabe dónde. Se refugió rápidamente en el baño, antes de que pudiera comunicarle emociones de las que no era plenamente consciente. La puerta ahora estaba fuera de sus goznes, prueba del impresionante ímpetu de ese hombre cuando quería transformarse en un violento. Se conformaría con lavarse rápidamente, Alex no le concedería más, y prefería evitar estropearle el buen humor esa mañana.

Salió del baño perfumada y vestida nuevamente como una persona normal. Él, mientras tanto, había sacado un enorme bolso del armario y estaba comprobando que en su interior hubiese todo lo necesario. A Selene le habría gustado echar un vistazo para curiosear un poco entre sus cosas pero no se acercó y esperó que fuera Alex quien hablara.

Se había colocado un polo azul de mangas tres cuarto, limpio, que resaltaba sus pectorales.

—¿Lista?

—¿A dónde iremos? —replicó.

Caminó hacia él, feliz de volver a una aparente normalidad. Salir de ese sitio y respirar aire fresco… parecía una niña a punto de ir a su parque de juegos favorito. Incluso las más pequeñas concesiones conseguían ponerla de excelente humor.

—Lejos de aquí —dijo—. Y, esta vez, a un hotel del que nadie sospecharía.

—¿Qué se supone que quiere decir eso?

—No es de mi propiedad —reveló.

Selene ladeó la cabeza, examinándolo. Alex no parecía el tipo de hombre que tenía un hotel. Luego de esa breve balacera, cuyos motivos desconocía, cualquier ser humano habría llamado a la policía y probablemente habría hecho comprobar cada cuarto.

Nada había sucedido, así que tal vez le estaba diciendo la verdad. Lo siguió cuando abrió la puerta para salir de la habitación y caminaron por un largo corredor iluminado por lámparas artificiales empotradas a ambos lados de la pared.

No intercambiaron ni una palabra. Selene absorbió la tensión de Alex mientras bajaban las escaleras hacia los pisos inferiores.

Llegaron a un vestíbulo luminoso, decorado con plantas exóticas y un mobiliario contemporáneo de dudoso gusto. Selene detestaba el estilo moderno, las líneas redondas y cuadradas de formas exageradas, las encontraba sin sentido. Román las habría detestado tanto como ella, era un amante del estilo clásico. Nadie hizo caso a los dos que cruzaron la sala para salir al exterior, ni tampoco les dirigieron la palabra. Atravesaron las puertas corredizas y Selene finalmente pudo respirar el aire de la ciudad, cargado de smog y ruidos molestos. Incluso eso era mejor que la atmósfera sofocante y húmeda de la habitación en la que había estado.

Respiró hondo y siguió a Alex hasta el coche estacionado justo frente al hotel. Se daba caprichos cuando se trataba de autos: el Lamborghini Diablo a pocos pasos de ellos no era uno de esos coches que los hubiese hecho pasar desapercibidos.

—¿Eres tan rico? —estalló, sin poder contenerse, una vez sentada en el asiento del pasajero.

—No, me lo prestó un amigo —replicó guiñándole el ojo.

Selene cruzó los brazos sobre su pecho, indignada. Se estaba burlando de ella.

Partieron y su captor se metió en el tráfico de la ciudad, zigzagueando entre los autos en movimiento. Su suave y fluido modo de conducir pronto la hicieron sentirse a gusto. Selene se hundió en su asiento justo cuando la radio comenzó a inundar la cabina con música.

Cerró los ojos, decidida a disfrutar el viaje y a dejar de pensar.

—Ya no estás asustada —señaló él mientras se detenía en un semáforo.

Selene observó la minivan a su derecha. Un hombre tenía los ojos desmesuradamente abiertos y prácticamente babeaba por el Lamborghini detenido junto a su coche, a la espera de la luz verde. Lo saludó. Alzó la mano y la movió para burlarse de él -mala- pero no pudo resistir la tentación de jugar a hacerse pasar por una mujer rica.

—¿Asustada? —repitió en voz baja—. Pero si ni siquiera sé qué es lo que está sucediendo. No he tenido el placer de oírte decirlo. Podrías esforzarte.

Alex se carcajeó. Con esa "máscara" negra cualquiera lo habría considerado un ladrón fugitivo, pero parecía tranquilo y con la situación bajo control. Las manos firmes sobre el volante y la espalda recta, era la imagen de la seguridad, por lo que ella no veía ninguna razón para preocuparse.

—Es una cuestión compleja.

—Soy buena escuchando, sabes, y por lo que parece, la cosa me afecta de cerca. Estoy cansada de encontrarme desnuda y siendo zarandeada de un sitio a otro.

El semáforo encendió su luz verde y reanudaron la marcha hacia lo desconocido. Selene encorvó la espalda y se encogió de hombros, intentando reflexionar sobre lo sucedido. Hubiese deseado saber a dónde iban pero no quiso forzar las cosas con Alex. Se contentaría con la libertad vigilada que le había concedido.

Echó un vistazo a su muñeca derecha.

No le dolía como antes pero hubiese querido desinfectarla y vendarla. La piel continuaba estando enrojecida y agrietada donde la cuerda la había sujetado. Esperaba no tener que repetir esa experiencia.

En la intersección con la señal de alto, Alex detuvo el coche y se giró en dirección a ella, inclinándose hacia la puerta. Selene no comprendió y se apartó de repente, segura de que tenía que tomar algo del compartimiento de debajo de la ventanilla. No percibió la intención de Alex ni cuando la mano del hombre rodeó su brazo derecho. Llevó su muñeca herida acercándola a su rostro y la examinó, con mucho cuidado de no presionar los puntos en los que la carne estaba más maltratada.

Selene lo dejó hacer.

—Lo siento —se disculpó.

—A veces sucede —bromeó ella, intentando minimizarlo. Casi todas las mujeres en sus sueños eróticos fantaseaban en secreto con un hombre sensual que las ataba a la cama, ¿no? Claro, no con un extraño con pasamontañas pero en definitiva no podía detenerse en esas minucias. Sí, mejor no insistir en ese pensamiento.

—Te mantenían vigilada —dejó escapar de repente Alex.

—¿Quién?

—Tu lindo ruso no supo esconderte como es debido. La mafia italiana sabía dónde estabas. No era solamente una red de prostitución, había mucho más —golpeó el puño sobre el volante para enfatizar la ira que Selene percibía en su voz.

¿Más? La ciudad corría. Las calles cambiaban en cada intersección pero Selene no reconocía el sitio y por eso intentaba leer el nombre de las avenidas. Por desgracia llegaba tarde y no conseguía identificarlas a tiempo. De pronto se orientó: aún estaban en Milán.

—¿Y por qué tanta rabia de tu parte? ¿Qué tienes que ver en esa historia? Lo siento, pero no puedo entender.

Alex había salido de la nada. Román la había dejado en el aeropuerto quizás sin saber lo que se ocultaba detrás de la red de prostitución. También ella estaba sorprendida de haber acabado en Rusia y le parecía absurdo que por una simple deuda se hubiese desencadenado semejante desastre. Ahora las piezas del puzzle encajaban mejor, con más detalle.

Su captor permaneció en silencio. Así que ya no quería responderle... Alex se cerró en un mutismo irracional. Selene tenía derecho a saber quién era y por qué la estaba salvando. ¿Mafia italiana? ¿Mafia rusa? Ella nunca había tenido relación con organizaciones nacidas para el crimen.

—¡Tienes que explicarme! —le gritó.

—No tengo que hacer nada contigo, a menos que yo quiera hacerlo. Y de momento follarte es lo primero en la lista.

Alex mantuvo una calma que resultaba antinatural, el tono impasible; los ojos fijos en el camino. El comportamiento le recordó al de Román, inquebrantable cuando en juego había algo importante para él. Sintió deseos de reír: Mr. Hielo le hubiese respondido del mismo modo, poniéndola de inmediato en su sitio.

Lo escrutó largamente y se obligó a sí misma a contener una estruendosa carcajada. Alex lo habría malinterpretado. Tal vez era el comportamiento similar de ambos hombres lo que hacía que deseara a su loco captor con ese frenesí anómalo y carente de racionalidad. Frotó uno de los muslos del hombre con sus uñas, sosteniendo la tela de los jeans bajo sus dedos, luego subió poco a poco hasta la entrepierna. No jugaba así con Román, demasiado temerosa de poder perderlo con comportamientos de femme fatal, pero Alex era diferente, con él se sentía libre de expresarse y, por qué no, de jugar a quién de los dos era más listo para seducir al otro.

Una fuerte erección presionaba en sus jeans. Selene la apretó mientras él giraba a la derecha y tomaba la carretera. Estaban dejando Milán.

—Juegas con fuego —susurró, con tono amenazador.

—De los dos, no soy yo quien juega con fuego —señaló Selene—. Además, así es más divertido.

Los ojos de Alex se desviaron del camino a ella. Fue una fracción de segundo, rápida, pero Selene pudo captar su expresión sorprendida.

Probablemente había sido solo una impresión pero los ojos del hombre se habían abierto desmesuradamente y luego habían vuelto a fijarse en la carretera.

Selene retiró la mano, repentinamente incómoda. Enrojeció, insegura como le sucedía únicamente en presencia de Román. ¿Se había equivocado, tal vez?

CAPÍTULO 7

Estaba inestable. Y no en las piernas, sino en su corazón y en su cabeza, que tenía algún tornillo flojo. Selene había perdido el sentido de la realidad y en ese momento se estaba preparando para alterar nuevamente sus convicciones para hacer espacio en su vida a otro hombre de dudosa moralidad. Muy. Dudosa. Pero excitante a morir. Debía tener una debilidad por los hombres con alma de criminales y tendencia a la locura.

Después de tres horas de andar con el coche se detuvieron en un establecimiento de agroturismo lejos de la ciudad, de cualquier centro poblado, a decir verdad. Selene miró a su alrededor para ver dónde rayos se habían metido y, además de una gran planicie con innumerables árboles que bordeaban la carretera por la que habían llegado, descubrió que no había nada. Desierto. Esperaba ver de un momento a otro plantas rodadoras levantarse de la tierra y crujir hacia ella. Ni que estuviera en las caricaturas.

—¿Se supone que este sería el sitio del que nadie sospecharía y donde estaremos a salvo? —le preguntó, esperando encontrar otro más cercano a la civilización. Estaba cansada de ser una reclusa, una esclava y una pobre desamparada en búsqueda de ayuda.

—No, pero es lindo —respondió él.

Qué tranquilizador, pensó con ironía. Realmente. Se encontraba a quién sabe cuántos kilómetros de su casa en Florencia; no podía llamar a sus padres porque estaba siendo perseguida por una presunta mafia italiana, sin embargo se encontraba indudablemente calma y aún en perfectas condiciones de salud mental. Bueno, sobre lo último tenía algunas dudas pero descartó rápidamente la idea de haber enloquecido y se apresuró a seguir al enmascarado armado que se estaba aproximando a la entrada.

—No te preocupes, no te quieren muerta —la calmó antes de tomar el camino de ingreso.

—Y esos disparos en el hotel, ¿qué eran? ¿Una calurosa bienvenida de los compaisanos?

Los hombres con los que se relacionaba tenían el mismo vicio: la subestimaban y la consideraban una estúpida imbécil a quien debían proteger.

Alex rio.

—No, esos eran para mí. Me prefieren muerto. Soy una pieza importante en el tablero de ajedrez. —Chasqueó la lengua y le guiñó un ojo.

Selene se frotó la frente que se encontraba tibia por el calor y abandonó el tema antes de caer presa de un ataque de ira. Alex era irritante y, desde su punto de vista, incomprensible. Se encogió de hombros, decidida a no dejarse influir por sus chanzas, y lo siguió al interior. Matarlo, claro ¿y por qué? Por una mujer común y corriente que era zarandeada de un lado a otro de Italia.

El hotel rural era espacioso y por fortuna había un aire acondicionado para refrescar el aire cálido y húmedo. Tomó asiento sobre el cómodo sofá que se encontraba junto a la amplia ventana y esperó a que alguien apareciera.

Una mujer de mediana edad se acercó a Alex sin temor y le sonrió. Selene no había estado lejos de su país por mucho tiempo y, por lo que recordaba, los pasamontañas no estaban de moda en Italia. No en verano, al menos. Y por lo general, quien lo usaba a plena luz del día y deambulaba por las calles no daba la impresión de ser un tipo confiable.

—¡Buenos días y bienvenido de vuelta! —se regocijó la señora.

Selene echó la cabeza hacia atrás y miró el techo. Por supuesto, iba con frecuencia a ese sitio. ¡Debería haberlo imaginado! Cerró los ojos y sintió el fuerte deseo de entrar en letargo hasta que todo ese asunto se aclarara.

—¿Esa chica es su futura esposa? —La señora la señaló con un excesivo entusiasmo. Selene pensó que estaba a punto de sacar la lengua y comenzar a saltar a su alrededor.

¡Oh, no! Ahora se vería obligada a sonreír y a inventarse enormes mentiras para seguirle el juego.

Se inclinó hacia delante, lista para ponerse de pie y enfrentar la enésima prueba que el destino le había impuesto. Comenzaba a coleccionar problemas uno tras otro.

—Sí, nos casaremos en mayo del próximo año —mintió él.

¡Qué lindo! Se sentía casi tentada de creerle también y empezar a ronronear. Sin embargo, en lugar de ello fue hacia él y le dio un buen codazo en las costillas, en el espacio que el bolso que llevaba colgando de su hombro dejaba libre. La sensiblería falsa y acaramelada podía funcionar con la mujer, pero no con ella, y Selene no apreciaba que hubiese orquestado esa historia para despertar la ternura de la dueña del lugar.

—Os daré una habitación —dijo la señora, sin indagar más.

¿Era posible que dentro de esa cabeza canosa suya no hubiese ninguna pregunta acerca de lo bizarro que era encontrarse frente a un hombre con pasamontañas? Incluso conociéndolo, no hacía la diferencia, es decir, seguía estando cubierto.

—Mejor dicho, la habitación más bonita —se corrigió ella—. Estoy feliz de tenerlo aquí.

Selene apenas podía creerlo. Alex era una continua fuente de sorpresas. Ya no tenía dudas respecto al hecho de que no era un hombre común, pero…

—¿Por casualidad eres parte de la mafia italiana? —susurró mientras subían las escaleras, con dos bellas sonrisas estampadas en los rostros cansados.

La de él no era falsa, ella debía parecer un espantapájaros que había intentado suicidarse. Debajo de la pesada tela, Alex estaba sometiéndose a un sauna forzado pensó, pero de todos modos aparentaba estar tranquilo.

—Soy un samurai —bromeó.

—Un kamikaze, en todo caso —lo corrigió ella.

El sitio no era grande pero Selene apreció la gran luminosidad y el entorno natural. Necesitaba una ducha y una cama en la que descansar durante las próximas veinticuatro horas. Ni siquiera tenía hambre, solo quería disfrutar de la paz del lugar.

Cuando Alex abrió la puerta de la habitación, Selene se encontró frente a una cama con dosel rodeada de flores de estación. Estaba a punto de conmoverse. El perfume era afrodisíaco, celestial, perturbaba sus sentidos.

—Veo que te gusta —dijo.

—Es lo más cercano al paraíso que he visto en los últimos meses.

Después de Román, obviamente, pero eso lo daba por descontado. Alex dejó el bolso en el piso claro, lejos de la puerta y de la ventana, y se quitó la pistola de la cintura de los pantalones. El bulto estaba cubierto por el bolso, por lo que la señora no había notado el arma. Se estremeció. Odiaba estar con un hombre armado pero no tenía otra opción.

—Disfruta el espectáculo —masculló él.

Alex parecía estar de mal humor otra vez. Selene no deseaba enredarse en una discusión sobre qué tenía y por qué ahora estaba actuando como un hombre distante. Lo mandó al diablo: a él, a la mafia italiana y también a la rusa. Todas juntas. Ella solo quería quitarse de encima la sensación de haberse vuelto pegamento matamoscas y tal vez descansar sin sentir extrañas protuberancias en su trasero.

Se dirigió hacia el baño pero él la detuvo antes de que pudiera alcanzar el marco de la puerta.

—¿Con tu ruso no pudiste alcanzar el Paraíso? —le preguntó, torvo.

Lo miró fijamente, pensando que estaba loco. Román era asunto suyo, privado, no lo compartiría con Alex por un tonto juego masculino de orgullo y mejor desempeño. La competencia de quién la tenía más grande no le interesaba y, además, ellos dos ni siquiera se conocían.

—Con él ya estaba en el Paraíso —respondió de todos modos, solo para provocarlo.

Ahora sí que el humor del hombre empeoraría y no había tenido que mentir para lograrlo: Mr. Hielo hacía que se sintiera amada y rodeada de deseo.

Lo vio vacilar y asentir en silencio. Tal vez había exagerado con esa admisión tan entusiasta. Selene observó su espalda cuando la dejó en paz y se inclinó para abrir el bolso. Se había imaginado una reprimenda cargada de rabia, en lugar de ello Alex simplemente la había ignorado. Mejor para ella, sin embargo sintió una punzada de fastidio en el pecho y decidió aguijonearlo un poco para provocar una reacción agresiva.

—¿Vienes a darte una ducha conmigo? —lo invitó.

—¿No sabes lavarte? —espetó él, sin dejar de darle la espalda.

Odioso. Selene se sintió tentada de darle una patada en el trasero y obtener de ese modo una pequeña victoria. Cuando se fingía indiferente deseaba abofetearlo. No merecía un trato tan frío.

—Tienes que desinfectar tu muñeca —le recordó.

—Sobreviviré, créeme. Y te recuerdo que la culpa de este desastre es de un hombre de fantasías perversas. No tenías que atarme, si me apuntabas con un arma de todos modos tampoco habría reaccionado.

Alex se enderezó. Selene se mantuvo mirando la espalda del hombre: los anchos hombros, las caderas estrechas y los muslos fuertes. Lo admiró por el carisma y el encanto que emanaba con naturalidad. Recordaba haber tenido la misma reacción al cuerpo de Román. Lo había encontrado perfecto. La contextura de Mr. Hielo era igualmente robusta pero sin exagerar.

—¿Te preguntas quién de nosotros te gusta más? —La distrajo de sus pensamientos, arrojándola al desconsuelo.

Le gustaban ambos y eso era un problema serio. Apretó su maltrecha muñeca contra su pecho: el sabor, el olor, el cuerpo… igual, ella imaginaba a Román.

—Tienes razón —continuó. Alex se dirigió hacia la ventana y la abrió—. Soy un pervertido.

Dio media vuelta para mirarla y en sus ojos azules vio una firmeza que la hizo temblar de deseo. Hubiese sido mejor para ella esconderse en el baño y lavarse, en lugar de permanecer allí, inmóvil y adorando a ese hombre.

—La tengo dura incluso ahora —le informó.

Selene jadeó. La palabra "dura" hacía que impulsos lujuriosos viajaran entre sus sinapsis ya chamuscadas. Se le secó la garganta y no pudo responder. Podrían haberlo hecho incluso en ese mismo momento: sexo fantástico en cada rincón de la habitación. La respiración de Selene se aceleró y en respuesta Alex también reaccionó agitándose. Se miraron fijamente.

Azul líquido e insolente, no verde helado y dominante, debía tenerlo en mente. Nunca podría tomar el lugar de Mr. Hielo.

Alex recorrió la distancia que los separaba y la empujó contra el muro. Selene se golpeó la espalda contra la pared pero no dejó de perderse en esos iris.

La tomó por las muñecas. El dolor en la derecha la hizo gemir pero la consideración de él se había terminado. Levantó sus brazos por encima de su cabeza, haciendo que su ligera camiseta sin mangas dejara al descubierto su vientre.

La expectativa por lo que él le haría hizo que su corazón galopara. Lo sentía pulsar en su estómago, ordenándole que se entregara al placer con su captor.

Se sorprendió cuando la hizo girar hacia el muro. Cara a cara contra la pared. Continuó reteniéndola por los brazos pero esta vez se pegó a ella.

Frotó su erección entre sus nalgas, inclinándose para quedar a la altura correcta.

—Vamos a jugar, ¿quieres? —susurró en su oído.

—No —respondió impulsivamente.

—Cómo no —dijo con sorna—. Lo quisiste desde el comienzo.

Y de nuevo la dureza de la excitación masculina se frotó en la parte baja de su espalda. Se mordió los labios cuando las rodillas no la sostuvieron. Lo hubiese mordisqueado todo, de la cabeza a los pies, y chupado hasta hacerlo acabar.

—Imagina que soy él —la instó.

Eso era fácil pero no podía creer que le estuviera pidiendo algo así. ¿Qué hombre mentalmente sano hubiese deseado hacer gozar a una mujer mientras fantaseaba con otro?

—Pero... —protestó.

—¡Hazlo! —Una orden. Tajante.

La voz de Román. Selene gimió. Apoyó la frente en la pared y cerró los ojos: Mr. Hielo apareció en su fantasía erótica.

—Muy bien —la felicitó.

De nuevo, Román. Él y ella cuando hacían el amor en la alfombra de la sala o en el sofá, donde él amaba tomarla desde atrás. Mr. Hielo y sus órdenes cuando la hacía ponerse a cuatro patas y le susurraba palabras vulgares al oído para que se mojara.

—¿Cómo te follaba? —preguntó—. Puedo imaginarlo con un culo como el tuyo. Te la metía y te tocaba por todas partes mientras te tomaba con ímpetu y su polla entraba y salía para hacerte llegar al orgasmo.

La erección de Román – o tal vez no- presionaba contra su trasero cubierto. Selene no podía pensar, solo quería darle alivio al deseo que corría por sus venas. Todo por culpa de un maldito que había decidido hacerse el arrogante con ella.

—Ah, y tal vez usaba un apodo contigo —"Pequeña luna", recordó el sonido que esas palabras tenían en la boca de Mr. Hielo y gimió de placer.

Arqueó la espalda para aplastarse mejor contra el hombre que se hallaba tras ella. Sintió un inmenso placer al saber que se encontraba con Román, protegida por él. ¡Dios, sí que lo amaba! Mucho, demasiado, hasta la locura.

—Dímelo, Selene. Dime qué quieres y yo seré él. Soy él —la convenció, seduciéndola con voz cálida mientras sus manos se movían para apretar sus pechos cubiertos.

Le levantaron la camiseta y superaron la barrera del sostén. Tomó sus pezones entre sus dedos, excitándolos como hacía Román.

Sabía que haciéndoles cosquillas solamente habría provocado en ella diversión, así que los apretó hasta hacerle sentir dolor pero luego los soltó y… los lamió. Intentó girarse para permitirle acceder a sus senos. Deseaba la lengua de Mr. Hielo sobre ella, pero su captor le impidió moverse, aplastándola aún más contra el muro.

Sus pechos entraron en contacto con la fría pared; los dedos del hombre habían pasado a bajarle los pantalones. Las braguitas fueron las siguientes en deslizarse por sus muslos.

—Ahora te follaré. Sé buena y calla —la intimó.

El comportamiento tan autoritario no le causó fastidio. Román era eso; exigía y daba, quería y entregaba.

Sintió la erección de Mr. Hielo entre sus muslos. El olor del sexo entre ellos era familiar, Selene lo reconocía. Un perfume propio, de ella y él.

Se hundió en su interior y esta vez gritó. Un grito liberador y feliz. Román la llenaba, no había nada que quisiera más en ese instante. Solo él, su excitada erección dentro de ella.

Abrió los ojos y disfrutó cada segundo de esa invasión en su cansado cuerpo. Ahogó sus gemidos para oír los del hombre a sus espaldas.

A cada gemido ronco de placer, Selene descubría un nuevo pico de goce. Quería sentirlo indefenso, vencido ante ella y esclavo de la feminidad que le estaba concediendo. Pero era él quien dominaba… por ahora.

—Eres estrecha —murmuró en su cuello, mientras se hundía con profundas embestidas.

Lo hacía por Román. Sentirse envuelto por su feminidad lo llevaba al colapso y se corría con una violenta explosión que hacía que maldijera una y otra vez, por lo que Selene contraía los músculos para exprimir la erección. Era grande, poderosa y estaba cargada de deseo reprimido por ella.

—¡Oh, joder! ¡Joder! —gritó Román.

Selene alcanzó el orgasmo. Apretó los puños y contuvo a duras penas la oleada de absoluto placer que la recorrió. No era el mismo magnífico orgasmo de siempre: fue un intenso espiral de calor ardiente y la consciencia de eso la hizo vacilar. No pudo mantenerse en pie mientras sentía pulsar el semen en su interior, así que se abandonó a la fuerza del hombre, rogando que la sostuviera.

Tampoco él, sin embargo, estaba listo para esas sensaciones, por lo que se deslizaron juntos hasta llegar al suelo. Su cabeza se relajó sobre el pecho del hombre, ahora sentado y agitado. Aún estaba en su interior, aunque blando.

—¿Por qué ? —le preguntó entre un jadeo y otro. También ella debía recuperar el control de su respiración.

—Porque no puedo resistirme a ti. Soy un imbécil —se insultó.

El grueso pasamontañas que los separaba la hizo regresar abruptamente a la realidad: él no era su Mr. Hielo sino un desconocido que decía protegerla y en quien estaba confiando porque le era imposible escapar.

Alex miraba al techo, inmerso en pensamientos desconocidos. Selene podía sentir cómo retumbaba en el pecho cubierto el rápido latido de su corazón. Descubrió que ni siquiera se había quitado los jeans para follar como es debido.

Se había metido muy bien en el papel de Román. Tendría que haber hablado ruso para representar mejor la parte del magnate de la mafia. La rabia creció en su interior, haciendo a un lado la languidez satisfecha.

Selene recuperó las energías y se puso de pie. La había utilizado para satisfacer una perversión; había utilizado su amor por Román para aprovecharse de ella. Era un maldito y…y…

—Dijiste que podía pensar en quien quisiera pero sin decírtelo. Me parece que era una condición bastante clara —señaló.

Reorganizó su ropa sabiendo que no haría mucha diferencia. A esas alturas, Alex debía conocer de memoria su cuerpo desnudo.

—Digo tantas cosas de las que luego me arrepiento. —se relajó sobre el suelo, con el brazo doblado sobre sus ojos.

La máscara negra la inquietaba pero el resto de él trastornaba su alma. Jeans y bóxers bajos, tendido en el piso junto a la cama, Alex representaba una divinidad disoluta, sin límites morales.

—Dijiste que eras celoso —Román la hubiese asesinado si hubiese descubierto que deseaba a otro mientras estaba con él.

—A muerte —le confesó—. Tu ruso era un bastardo afortunado pero me excita oírte gritar su nombre mientras te corres.

No, no era su Mr. Hielo. Él la poseía por completo y no había espacio para otros hombres cuando estaban juntos. Si Román hubiese susurrado el nombre de otra durante el orgasmo, ella habría llorado de desesperación y se habría destruido a sí misma con tal de conquistar de nuevo su atención.

¿Cómo había podido dejarse engañar por Alex? Había conseguido su objetivo de follársela y ahora estaba satisfecho, riendo bajo la máscara, victorioso.

Hizo a un lado la certeza de que de todos modos habría sucedido; la asustaba la forma en que habían compartido su unión: Alex nunca había estado con ella, sino Román.

La confusión había aumentado y ahora ya no comprendía qué era lo que realmente quería. ¿Román? ¿Alex? Tenía que quedarse a solas, necesitaba pensar.

CAPÍTULO 8

Alex había desaparecido, la había dejado encerrada en la habitación, a merced de la soledad. Esa noche se quedó sola y no pudo pegar un ojo porque su mente estaba repleta de pensamientos. ¿Dónde estaba? Le había dicho que regresaría pronto pero no había vuelto a dar señales de vida, ni siquiera para tranquilizarla.

Tiró de las sábanas y se cubrió hasta la barbilla, exhausta y sin embargo atenta para escuchar cualquier mínimo sonido. Intentó relajarse varias veces pero su cuerpo se negaba a dormir y ella se sentía débil y preocupada.

Hubiese sido la mejor ocasión para pedir ayuda, gritar con todas sus fuerzas que había sido secuestrada y hacer llamar a un taxi para regresar a Florencia. En cambio, se quedó inmóvil bajo una ligera sábana, rezando para que Alex reapareciera por la puerta y le explicara con franqueza qué estaba sucediendo.

La luz del alba hizo que se diera vuelta hacia el otro lado, en dirección a la ventana. La oscuridad se estaba disipando pero desafortunadamente no podía decir lo mismo de su confusión. Selene sabía que se había equivocado al quedarse con ese hombre, porque era peligroso para ella. Sin embargo su instinto le decía que podía confiar en él, que realmente la protegería; se encomendó a esa sensación, por más absurda que fuera.

Se incorporó, restregándose los ojos hinchados por el sueño y con un movimiento dubitativo posó los pies descalzos en el suelo. Se había quedado en ropa interior, segura de que la noche habría sido muy calurosa y húmeda, pero la ausencia de Alex junto a ella le había dejado el cuerpo frío y temblando de ansiedad: no había podido entrar en calor.

Selene se había acostumbrado demasiado rápidamente a los abrazos protectores de Román y esa noche había sufrido particularmente su falta. Su Mr. Hielo… Lo imaginó tendido en la cómoda cama de un casino, divirtiéndose con dos o tres hermosas mujeres, compradas en el mercado de prostitutas para trabajar bajo las órdenes de un ruso sensual y de apetitos sexuales insaciables.

Tenía sed. Dirigió la mirada hacia el baño y se preguntó si el agua del grifo era potable. Su lengua se había vuelto una aglomeración pastosa de papilas gustativas que no le permitía siquiera separar los labios; los cuales, además, estaban agrietados. Mordisqueó los pequeños cortes que los surcaban, intentando quitarse las pielcitas.

Contó hasta tres y se dio el impulso definitivo para ponerse de pie. Lo logró, aunque poco después volvió a caer sobre la suave cama. El colchón era cómodo pero de todos modos eso no la había ayudado a conciliar el sueño. Devoró con los ojos el gran bolso de Alex. Lo había dejado en el piso, junto a la puerta del baño. El típico bolso que alguien lleva al gimnasio, cualquiera podía tener uno. Selene sintió curiosidad.

Se dejó caer al suelo y se dirigió a gatas hacia la tentadora ocasión de descubrir algo más de su captor. Él no estaba, por lo que nunca descubriría que había metido la nariz en cosas que no le correspondían. Además había olvidado atarla, por lo que era libre de hacer lo que quisiera sin romper las reglas.

Se acuclilló junto al gran bolso azul y blanco, de apariencia normal, y tiró de la cremallera para abrirlo. Apartó los dos extremos de tela y descubrió armas. Así que Alex llevaba consigo un peso bastante gravoso, además de peligroso.

Tuvo temor de hurgar entre esos artilugios para encontrar algo más. ¿Para qué necesitaba todas esas pistolas? Pensó en apartarlas para ver qué había debajo, no creía que llevara consigo únicamente armas de fuego. No estaban en guerra.

—Aléjate de mis cosas.

Cuando la voz de su secuestrador la alcanzó, se tensó de repente. No lo había oído entrar, hasta hacía un instante la habitación estaba inmersa en el más absoluto silencio. Tal vez se había quedado dormida.

Llevó una rodilla detrás de la otra y comenzó a retroceder. Chocó contra la esquina de la cama pero ignoró el pinchazo en su espalda. Se giró hacia la entrada y lo vio pegado a la pared. Sostenía su hombro derecho con una mano. Selene intuyó el sufrimiento que lo atormentaba por la mueca que torcía su boca.

Luchó contra el cansancio que la debilitaba y se puso de pie, mirándolo fijamente a los ojos azules: estaba exhausto. Él tampoco había dormido en toda la noche, su mirada cansada y empañada le decía que había pasado horas terribles.

Alex avanzó y se dejó caer sobre la cama con un gemido de dolor.

—Estuviste fuera toda la noche… —susurró.

—No lo había notado —respondió con dificultad, pero finalmente incluso consiguió hacer uso de la ironía.

Selene se mosqueó.

Si tenía deseos de bromear, no debía sentirse tan mal. Se le ocurrió que, si se desvanecía, podría quitarle el pasamontañas.

Esperó, con las manos cruzadas en su regazo, mientras él jadeaba exhausto. Lo observó quitarse la camisa que lo cubría y quedarse de pie con el torso desnudo. Un calor traicionero se concentró en sus mejillas y se difundió por su cuello. ¿Se estaba sonrojando? Ya lo había visto sin camisa, así que ese embarazo era realmente ridículo. Solo el día anterior habían tenido sexo y Selene no podía olvidarlo fácilmente.

Se sobresaltó sorprendida cuando sus ojos se detuvieron sobre el halo violáceo que recorría su hombro derecho y terminaba más abajo, en el omóplato. Pero...

—¿Y eso? —estalló.

—Un chupón —gruñó él en respuesta.

El muchachote estaba nervioso. Se inclinó hacia él para observar mejor el hematoma que surcaba su tensa piel. Bastante feo, la mujer con la que se había entretenido no debía ser del tipo muy dulce, pero sobre todo podía ser dura con sus manos, si de manos se trataba.

—Veo que lo encuentras divertido, Selene —refunfuñó.

—Algo —admitió—. Sostienes tu hombro como si estuvieras a punto de morir.

De acuerdo, solo había deseado provocarlo un poco con esa frase y hacérselas pagar porque la había dejado sola en un momento en que la soledad la aterrorizaba.

Alex no lo tomó bien, la fulminó con una gélida mirada. Balbuceó una respuesta que, por fortuna, no llegó a sus oídos, y se tendió sobre la cama, rendido, cubriendo con su mano la parte herida de su cuerpo. Cerró los párpados y pareció olvidarse de su presencia.

—Duele, ¿sabes? —gimió, rompiendo el silencio.

—¿Puedo mirar, gran duro? —le preguntó.

El hombre le permitió inclinarse sobre él y observar su hombro mal herido. Lo rozó con la punta de sus dedos, para evitar hacerle sentir más dolor. Alex se relajó bajo su gentil caricia y Selene se sorprendió: confiaba en ella. Una oleada de ternura hizo que su corazón se apretara. ¿Había sido herido por defenderla?

—Deberías ir al hospital —murmuró.

Bajó para rozar su pecho. No tenía intenciones sexuales, deseaba verlo relajado gracias a su toque. Ni siquiera protestó cuando los dedos de Selene osaron levantar un poco el pasamontañas y subir a su garganta para posarse sobre su manzana de Adán.

Alex cerró los ojos y el corazón de Selene comenzó a latir rápidamente. Le permitiría… no, hasta que él no dijera de forma explícita que lo quería, no intentaría mirarlo a la cara.

—No volveré a ir a ninguna parte sin ti —explotó Alex—. Tendría que costarme la vida.

Esas palabras derribaron las últimas resistencias de Selene. Se aplastó contra él, intentando no dejar caer su cuerpo sobre la parte herida, y lo abrazó con fuerza.

Ella vestía un mísero conjunto de ropa interior, mientras que él llevaba un par de sucios y raídos jeans que le molestaban en el vientre. Sin embargo se permitió vivir por un instante esa paz entre ellos, posó la cabeza sobre su pecho y escuchó el latido regular de su corazón. Su oído se habituó pronto a la rítmica música y Selene se adormeció, acunada por el brazo bueno de Alex que acariciaba su cabello.

Se despertó lentamente, devuelta a la realidad por la incómoda posición. Su captor dormía. Pensó en cubrir sus cuerpos con la sábana, para que ambos estuvieran cómodos, así que le quitó los zapatos, los calcetines, y, con algún esfuerzo, los sucios jeans. Arrojó todo al suelo, sin sentir ninguna pena, y tiró de la sábana que se encontraba debajo de su espalda, intentando no despertarlo. Por desgracia no logró su cometido y los ojos de Alex se abrieron ligeramente para mirarla.

—No quería despertarte, solo cubrirte —explicó.

Él intentó esbozar una sonrisa pero solo consiguió dirigirle una patética mueca de dolor.

Selene comprendió que el hombre necesitaba un calmante. Se tendió junto a él, a su izquierda y los cubrió a ambos.

—Dime qué puedo hacer por ti —le preguntó, con voz suave, mientras pasaba la mano por su pecho y bajaba por su vientre dibujando figuras imaginarias.

—Quédate cerca de mí. No te vayas por ninguna razón —suplicó.

—Alex... —No iría a ninguna parte, no deseaba escapar. Especialmente ahora. Él la necesitaba.

—Estás en peligro. Esos malditos, hijos de puta, no entienden que eres mía —murmuró.

"Mía". Se mordió el labio, apretando entre sus dientes la pielcita interna. También Alex pretendía tener derechos de propiedad sobre ella. Al igual que Román.

Y era tan excitante cuando lo decían, le daba una sensación de posesión extrema y prepotente fuerza masculina, prácticamente ella no podía hacer más que aceptar y quedar subyugada por esa palabra.

—En ocasiones te pareces a Román —susurró acomodándose mejor sobre él.

Alex no respondió de inmediato, por lo que Selene creyó que se había adormecido. Sin embargo se movió y su brazo izquierdo la rodeó, estrechándola con fuerza contra su cuerpo.

—Tu ruso y yo nos parecemos —susurró—, pero tal vez porque ambos deseamos estar dentro de ti.

Selene se encontró tragando saliva con dificultad a causa de la incomodidad.

Lo deseaba cada vez más.

Mr. Hielo le hubiese dicho lo mismo y habría pasado de inmediato a una demostración práctica, ordenándole que abriera los muslos para él. Alex, en cambio, permaneció inmóvil a su lado y respiró hondo sobre su cabeza, besándola suavemente.

—Bajo —decidió de repente. Tenía que ayudarlo.

—¡No! —le ordenó.

—De todas formas lo haré. Necesitas estar bien y sin un médico tenemos que encontrar un modo de que lo estés.

Ella era la única persona que podía ayudarlo. Le pediría a la dueña del hotel calmantes, cremas analgésicas, cualquier cosa que pudiera hacer disminuir ese gran moratón.

Pero no había contado con la naturaleza intransigente de Alex. Se colocó sobre ella y bloqueó su cuerpo con ambos brazos. El peso del físico entrenado no le permitió moverse. No soportaba a los hombres que se comportaban como niños, así que no se dio por vencida y lo miró con el ceño fruncido y lista para dar batalla.

—Alex —lo regañó.

—No irás a ninguna parte —dijo, alternando las palabras con gruñidos de dolor.

—¡Quiero ayudarte! —gritó. Cabezota. Sin cuidados solo empeoraría.

—Entonces fóllame —susurró en su boca—. Es el único modo de ayudar a un hombre que sufre. Ocúpate de mí, hazme olvidar todo.

También para Román un buen polvo equivalía a borrar los problemas. Hombres… ¿realmente pensaban que un enorme orgasmo eliminaría las complicaciones? Estaba lista para responderle y decirle que era un verdadero imbécil, pero cambió de opinión. Escogió usar una táctica exclusivamente femenina.

Levantó su pierna desnuda y frotó su muslo sobre el de Alex. Los rígidos músculos de su espalda se relajaron cuando ella comenzó a mostrarle su docilidad.

Mr. Hielo nunca se hubiese dejado engañar por un intento como ese. ¡Basta! Si no dejaba de confundirlos y compararlos, sufriría. Eran dos hombres diferentes, por lo tanto se comportaban de manera diferente. Cuando estaba con Alex no debía pensar en Román. No era justo, no era…

—Vamos pequeña, fóllame —la incitó.

¡Oh, Dios, estaba tentada de hacerlo realmente! Aprovecharse de él, obligarlo a que se tendiera y cabalgarlo. La idea la hizo temblar de deseo. Alex notó la excitación que había provocado en ella y se acercó peligrosamente a su estómago con la mano izquierda. Bajó hasta el elástico de sus braguitas de encaje y la apartó con los dedos.

Román nunca le hubiese permitido que lo follara así. Él dominaba, él decidía cómo hacerlo.

—Tiéndete —le había dicho ella.

Había susurrado pero la orden había sido clara. Mr. Hielo nunca le hubiese permitido que le diera órdenes durante el sexo.

Alex la oyó.

Se tendió junto a ella y esperó, con su hombro dolorido a la vista. Selene inclinó la cabeza sobre él y su cabello se deslizó sobre el pecho del hombre.

Comenzó a besar la piel magullada y lo oyó gemir.

—A esto me refería cuando te pedí que te ocuparas de mí —le confesó.

Lo hubiese besado todo, centímetro a centímetro, empleando horas y horas para hacerlo en todas partes. Él se convertiría en un manojo de nervios listo para explotar de deseo y luego… imaginó a Román tomándola con violencia por la nuca y entrando en ella con su durísima erección. Se sobresaltó cuando la fantasía se hizo vívida, le pareció sentirlo en su interior.

Sin embargo, no se detuvo. Selene había descubierto un lado de sí misma que odiaba pero no se frenó. Se tildó de deshonesta pero deseaba ver a su Mr. Hielo y si el único modo de hacerlo era en sus pensamientos mientras tenía sexo con Alex, entonces lo haría.

—Sabes a él —le confesó.

¡Pero en qué estaba pensando! No pudo mirarlo a los ojos, convencida de que lo había ofendido.

Se apartó del pecho desnudo que poco antes estaba besando y observó el dosel que se encontraba sobre ella. Era imposible olvidar a Román, lo veía en todas partes, lo sentía por doquier, por eso cada hombre se lo recordaría siempre.

—Date la vuelta, ponte de espaldas.

Su voz cálida la alcanzó. ¡Oh, Alex! Le dio la espalda y la abrazó, pegándose a ella. No hizo nada para seducirla. Selene sintió que el remordimiento mordía su corazón. Ella había sido quien había pronunciado esa estúpida frase, no se atrevió a preguntarle cómo se sentía.

—Estás exhausta y también yo lo estoy. Descansemos —intentó aquietarla.

—¿No estás enfadado? —preguntó.

Nada. Esperó la respuesta pero no llegó. Escuchó la respiración de su captor hacerse profunda y comprendió que se había desplomado por el agotamiento.

Ella también debería haber vuelto a dormir, sin embargo no hizo más que meditar sobre sí misma y sus emociones contrastantes. Estar inmóvil contra él le daba la sensación de encontrarse protegida, no de ser prisionera, eso la había maravillado desde el primer momento.

Alex había adoptado ese comportamiento orgulloso y huraño al comienzo pero ahora incluso se mostraba afectuoso con ella. Selene se dio cuenta que el hombre quería parecer el dueño de la situación a toda costa, por eso había tratado de intimidarla.

Ella amaba a Román pero la atracción que sentía por Alex era indomable y eso amenazaba con lastimarlos a ambos: Mr. Hielo era una mancha indeleble en su interior. Selene se soltó del abrazo y se puso la única ropa que tenía, la del día anterior. Le pediría a la propietaria del lugar que le proporcionara algo que vestir, si no era mucha molestia. Quería lavarse y cambiarse.

Mientras Alex dormía, buscó las llaves de la puerta y las encontró en el bolsillo delantero de sus jeans. Abrió la cerradura y bajó el picaporte.

Le dirigió una mirada cautelosa, esperando no haberlo despertado, pero él no dio señales de haberla oído. El hombro malherido continuaba descubierto y Selene estaba cada vez más convencida de lo que estaba haciendo. Sentía pena al verlo en ese estado y sospechaba que era a causa suya, incluso si no le había hablado de lo que había sucedido.

Bajó las escaleras y entró en el salón adaptado como recepción en el que habían ingresado el día anterior. Reconoció el sofá sobre el que se había sentado y encontró agradable la renovada presencia de perfumadas flores de estación.

La señora seguramente había agregado ese toque personal para volver más cálida y luminosa la sala.

—¿Puedo hacer algo por usted?

La propietaria debía haberla visto mientras fisgoneaba en el otro salón. Había un enorme comedor que se abría luego del ingreso y Selene se había quedado encantada mirando los ventanales por los cuales entraba la luz del sol que volvía la habitación cálida y acogedora.

—Buenas tardes —la saludó.

La mujer le devolvió el saludo, acompañándolo con una hermosa sonrisa bondadosa. Le recordó a Irena pero pensó que debía tener algunos años menos que la rusa. El cabello de la señora estaba atado en un moño del que caían mechones rebeldes sobre la ancha frente y las orejas; los ojos color avellana la miraban dubitativos y el rostro redondo le daba un aspecto bondadoso a pesar de su nariz aguileña.

Se estaban estudiando mútuamente.

—Quisiera pedirle un favor, de hecho, más de uno —dijo Selene. Le inspiraba confianza.

—Por supuesto.

La señora se limpió las manos en el delantal de cocina que tenía atado alrededor del cuello y a la cintura. La había interrumpido mientras preparaba el almuerzo.

—¿Por casualidad tiene analgésicos? —preguntó.

—Podría echar un vistazo —respondió ella.

Selene ahogó el suspiro de alivio que estaba naciendo en su pecho. No le había preguntado por qué motivo.

Con toda honestidad, no hubiese sabido qué decirle para justificar el pedido, pero tal vez la mujer no lo consideraba particularmente extraño.

—¿Y una crema para hematomas? —prosiguió Selene, con cautela.

La señora parpadeó sorprendida y esta vez preocupada.

—¿Alguien se ha hecho daño? —Finalmente la pregunta había llegado pero Selene se encogió de hombros y se inventó una pequeña excusa.

—Me caí.

Sí, de la cama, habría pensado la mujer, escéptica respecto a la veracidad de lo que le estaba diciendo. Selene no había salido de la habitación desde el día anterior pero no le importaba lo que la señora hubiese creído, sus pensamientos solo estaban concentrados en Alex y especialmente en la salud del hombre.

—Si quiere, el almuerzo está casi listo —le avisó la mujer.

Selene se avergonzaba de pedirle que le comprara ropa. Tal vez haría mejor en solicitarle que le indicara una tienda en las cercanías, donde pudiera adquirirla ella misma, aunque imaginaba que Alex nunca la dejaría salir sola.

—¿Quiere llevar el almuerzo arriba, a la habitación? —le propuso la señora, indulgente—. La veo en dificultades, no hay necesidad de que baje si no se siente con ánimo de hacerlo.

—¡Oh, gracias! En verdad —de ese modo podría obligar a Alex a comer algo.

Su estómago gruñó, hambriento, pero Selene no hacía más que pensar en él y en el sufrimiento que estaba experimentando a causa de su hombro. Su muñeca aún dolía pero el dolor del hombre debía ser mil veces mayor que el suyo.

—Se trata de su muñeca, ¿cierto? Disculpe si me entrometo.

La piel enrojecida ponía en evidencia la descamación, por eso la mujer había notado su herida. Selene levantó la mano derecha y la agitó frente a su barbilla, como para decirle que no se preocupara por ella. De hecho, debería haber desinfectado la carne magullada y blanda, pero no había habido tiempo.

—Vaya con él, subiré a llevaros todo —dijo la señora—Siempre he deseado verlo perdidamente enamorado de una mujer, ¿sabe?, pero siempre ha sido bastante rebelde, desde pequeño.

—Lo imagino —susurró con educación. Esos eran los típicos lugares comunes de conversación que no deseaba oír.

La aburrían.

Selene no podía esperar para regresar a la habitación. Si Alex notaba su ausencia, la ataría de nuevo a la cabecera de la cama, o peor, y no quería perder la libertad que había obtenido con tanto esfuerzo.

—¿Está enamorada? Tiene dos espléndidos ojos verdes, ¿no cree? —insistió.

Ojos verdes. La mujer debía haberse confundido con alguien más. Tal vez Alex había fingido ser otra persona para alojarse en ese sitio, porque recordaba bien el color de los iris de su captor y eran azules.

—Sí, espléndidos —repitió.

La propietaria del hotel rural rio de su estupor y le dio la espalda para regresar a las tareas en las que se encontraba ocupada cuando ella la había interrumpido. Selene la observó mientras se alejaba.

No había podido pedirle que le hallara ropa o que le indicara un sitio donde pudiera comprarla. Paciencia, se prometió preguntárselo a Alex. Se encogió de hombros y había dado media vuelta para regresar a la habitación, cuando oyó un alboroto que provenía del piso superior. Una puerta se cerró de golpe y pasos agitados recorrieron el corredor. Alex apareció en el hueco de las escaleras y tan pronto como la vio, se detuvo bruscamente. La observaba desde el rellano que dividía los dos pisos y no parecía feliz de verla allí.

Selene odiaba ese pasamontañas en el rostro del hombre, ya no podía soportar la pesada tela que lo escondía de sus ojos. Juró que lograría convencerlo de confiar en ella, pero por ahora había una cuestión más importante que resolver.

Le devolvió la mirada y por impulso se puso a la defensiva. Apretó la barandilla entre sus dedos, indecisa sobre si subir o evitar su ira escapando. Pero huir no hubiese sido una buena idea. Alex no parecía tener armas consigo, pero ella no quería arriesgarse, así que dio un paso hacia delante.

—Yo…

—Mierda —susurró él.

Bajó los peldaños que los separaban y la aferró firmemente por un brazo, arrastrándola escaleras arriba. La sacudió de izquierda a derecha sin un mínimo de prudencia y su muñeca protestó.

Selene lo siguió en silencio, prefirió no hacer escenas. Mejor evitar atraer la atención. Si él no tenía el suficiente sentido común para intuir que eso era lo mejor, ella lo haría por ambos. Recorrieron el primer piso a paso rápido. Una vez frente a la habitación, Alex la empujó impetuosamente para que entrara y atravesó el umbral tras ella, golpeando la puerta a sus espaldas. Mala señal.

—¿Qué estabas haciendo? —tronó.

—Hablaba con la dueña del lugar —afirmó—. Nada más. —¿Se estaba justificando? ¡Pero no había hecho nada malo! Alex estaba furioso. Los ojos azules lanzaban chispas, rabiosos e incontrolados. No había escapado, solo estaba intentando ayudarlo y ese era el agradecimiento que recibía. Hombre idiota. El hecho de que él tuviese pelotas y ella no, no le daba el derecho de gritarle.

—¡No puedes salir! —vociferó.

—Entonces no te duermas. Es tu culpa —constató, desafiándolo a responder en el mismo tono. Mantuvo la calma, para demostrarle lo indiferente que la dejaba la situación. Mr. Hielo le había enseñado bien a ocultar sus emociones.

Tomado por sorpresa, Alex guardó silencio pero fue solo un segundo, luego volvió a la carga.

—Eres una prisionera, no puedes hacer lo que quieres —señaló, pero no estaba tan calmo como quería dejar ver, lo notaba claramente por la mandíbula tensa, la boca apretada para evitar hablar de más.

Por desgracia ya lo había hecho. La ira creció en su interior y explotó de repente contra él.

—¡Solo intentaba que me dieran analgésicos para tu hombro, imbécil!

Oh, oh. Nunca antes se había comportado de ese modo, tanto como para perder los papeles con un hombre y tratarlo así. Si hubiese enfrentado de ese modo a Román, él le habría hecho pagar la afrenta humillándola.

Alex la observaba, maravillado.

¿Qué tanto era lo que miraba? ¡Había colocado los puños cerrados en sus caderas y estaba lista para la guerra, pero no esperaba que él simplemente la mirara fijamente, inmóvil y con los ojos abiertos como un pescado!

CAPÍTULO 9

Alex llevó la mano a su rostro velado y se frotó los ojos con exasperación, mientras Selene se negaba a ser derrotada y lo desafiaba a que descargara sobre ella toda esa furia desenfrenada que llevaba en el cuerpo.

De repente los hombros de su secuestrador comenzaron a temblar. Se sacudía, notó ella, que en un primer momento pensó en la contusión y en una repentina punzada de dolor pero luego se percató que se estaba carcajeando sin control. Alex se echó a reír groseramente, sujetándose el estómago con la mano del brazo bueno.

—Analgésicos... —murmuró en medio de las carcajadas—, ...para mí.

Selene creía que se había vuelto completamente loco. Primero se comportaba como un animal listo para atacar con garras y dientes, y ahora reía alegremente, como si nada hubiese sucedido.

—No has usado drogas duras mientras estaba abajo, ¿cierto? —murmuró, ofendida.

Había previsto cualquier reacción violenta pero no una carcajada. Los iris de Alex brillaban divertidos, su sonrisa no se borraba.

Se alegraba de haber provocado esa diversión, por supuesto, pero se sentía ridiculizada. No amaba sentirse incómoda por algo que no comprendía. Sus mejillas ardían de vergüenza mientras pensaba qué era eso tan absurdo como para hacerlo reír así.

—¡Acaba de una buena vez! —le ordenó.

No, reía sin parar y a duras penas podía respirar. Selene hinchó las mejillas por la indignación y avanzó hacia él, cargando toda su fuerza en la palma de su mano. Ah sí, ¿eh?

La bofetada partió y llegó directo a destino. Por desgracia, Selene no había contado con el espeso pasamontañas; por lo tanto, fue un inútil intento de hacerle daño pero al menos consiguió que dejara de burlarse de ella.

Alex tomó sus dedos y besó el dorso de su mano, mirándola con tal pasión que la hizo enmudecer. La atrajo hacia sí y rodeó su cintura con sus firmes brazos, obligándola a pegarse a él. Selene se sintió atrapada.

—Gracias —murmuró en su oído.

Posó su mejilla en el pecho del hombre, sin dejar de preguntarse qué le había hecho tanta gracia. Las manos de Alex bajaron para rodear sus nalgas y las apretaron con fuerza. Se frotó contra ella y Selene percibió la erección en su vientre plano. El muchachote había despertado.

—Te deseo —soltó a bocajarro.

Esos cambios de humor tan repentinos la confundían. Estaba habituada a Román y a la anómala contención con la que la trataba y Alex era un río en plena crecida: pasaba de la ira a la diversión, de la absoluta ausencia de deseo a la lujuria más desenfrenada. Le hacía doler la cabeza.

Sus sienes comenzaron a latir, al tiempo que notaba lo impredecible que era su captor. Frotó la frente en su camisa y asintió.

También ella lo deseaba y quería deshacerse de la sensación de vacío que le provocaba la ausencia de Mr. Hielo. Su ruso estaba lejos, ya no pensaba en ella, en cambio Alex estaba allí, en carne y hueso, y la deseaba.

—De un momento a otro llegará el almuerzo —le advirtió.

Si la propietaria del lugar los interrumpía, Selene no estaba segura de ser capaz de detenerse, pero realmente tenía hambre, no recordaba cuándo había sido la última vez que había comido algo.

—Haremos rápido —le prometió.

—Alex... —No estaba segura de quererlo ahora.

Bajó el elástico de sus pantalones y el de sus braguitas. Se inclinó para deslizarlos más allá de sus rodillas y quitárselos. Selene se aferró a su hombro izquierdo para no perder el equilibrio, intentando no cargarlo con su peso.

—No te preocupes por mi hombro —la calmó entre risas—. Soy duro de matar.

Cuando ella estuvo sin ropa de la cintura para abajo, se ocupó de desnudarse a sí mismo. Se quitó los jeans y los bóxers y los dejó caer al suelo. Rápido, fácil.

A Selene no se le escapó el destello de sufrimiento que por un momento cruzó su mirada y sintió el impulso de consolarlo. Ya no estaba en sus cabales. Una tranquilidad poco natural la había invadido, como si fuese normal acostarse con Alex aún amando a otro hombre. Sentía que era lo correcto, todo era como debía ser.

No había sentimientos de culpa.

Él se sentó en la cama.

Sus firmes muslos se tensaron cuando se inclinó hacia ella.

Extendió la mano para tomar la suya y Selene la apretó. Se dejó conquistar por el evidente deseo que se elevaba entre las piernas del hombre: necesitaba ser colmada, quería sentirse libre de inhibiciones.

—No te haré daño —le dijo—. Intentaré no ser tan violento como ayer.

—No me importa —respondió.

Se sentó sobre su regazo y se frotó contra su gran erección. De nuevo comparó a Alex con Román. Ambos estaban muy bien dotados y la forma de sus penes, le hacía sentir deseos de tomarlos en su boca.

—Quítate el pasamontañas —suplicó.

Quería tener sexo con él. Tenía terror de que Mr. Hielo recuperara la ventaja en su mente, colmando su cabeza de fantasías eróticas. Ya no podía distinguir cuál era la realidad y cuál la fantasía, esa era la única explicación posible. Le habían pasado demasiadas cosas ilógicas como para metabolizarlas rápidamente. Había acabado por olvidar lo que era la normalidad de una vida rutinaria.

—Baja la persiana —le ordenó—. Prométeme que no encenderás la luz.

—¿Por qué, Alex? Quiero verte. Te prometo que...

—No ahora. Debes confiar en mí.

Selene hizo lo que le dijo. Encendió la luz solo el tiempo necesario para bajar la persiana de la ventana, luego volvió a apagarla. La oscuridad era densa, no podría vislumbrar su rostro.

Caminando a tientas en la oscuridad regresó a él. Lo buscó. Tendió los brazos hacia delante, intentando orientarse y consiguió llegar a Alex sin tropezar ni golpearse con la esquina de la cama.

Él la tomó en sus brazos y la alzó sobre su cuerpo. Lo oyó gemir e inmediatamente se sintió excitada.

—El hombro... —le recordó.

—Quiero follarte, a la mierda el hombro. Fuiste amable al pedir analgésicos para mí. ¿No será que estás comenzando a interesarte un poco en este capullo?

Su rostro. Podía tocar la piel de su rostro. Lo palpó con sus dedos y descubrió que no se había rasurado, la barba estaba algo crecida y arañaba su piel. Le gustaba tocarlo. Subió hasta los ojos y luego a su frente, para finalmente rodear la nuca cubierta por una ligera capa de cabellos cortos. Intentó imaginarlo en su mente pero fue un error: vio a Román, a él y a nadie más.

—No me desagradas tanto para ser mi captor —admitió.

—Sientes que puedes confiar en mí, ¿es eso? Incluso aunque sea un bastardo —replicó.

—¿Quieres la verdad? —se lo debía—. Incluso tu voz me recuerda a él. Tenéis el mismo tono, el mismo modo de hablar, de caminar… en ocasiones lo veo en ti y me hace daño.

La oscuridad los ayudaba a confesarse mutuamente. El olor de Alex era penetrante porque el hombre estaba acalorado y sudado. Selene lo olió, no le causaba fastidio. Se frotó contra él como una gatita ansiosa por recibir su dosis de caricias. Comenzó a inspirar el perfume de sus cabellos cortos, bajó al cuello, luego más abajo, hacia el pecho aún cubierto. Quería arrodillarse a sus pies para hundir el rostro entre sus muslos, pero él la detuvo cuando comprendió lo que tenía en mente.

—Quiero algo diferente —susurró por encima de su cabeza—. Te necesito.

Aceptó dejarse guiar. Separó sus piernas y la ayudó a colocarse a horcajadas sobre él. La hizo bajar sobre su caliente erección y de inmediato fueron uno.

—Mierda —farfulló—, te echaba de menos.

Selene arqueó la espalda y sus pechos se aplastaron contra su camisa. Se movió suavemente, comenzó a hacerlo porque él se mantenía quieto.

—¿Me echabas de menos? —jadeó, asombrada.

—Hazlo lentamente, muévete hacia adelante y hacia atrás, luego hacia arriba y hacia abajo.

Ahí estaba, por eso imaginaba a Román y no a su captor. También Alex tendía a darle órdenes mientras tenían sexo, le decía qué hacer y... ¡oh, diablos, pero era agradable! Se movió hacia delante, luego hacia atrás, hacia abajo y hacia arriba, de nuevo, sobre él, afuera y adentro. Se estaba derritiendo, ya no podía sentir los músculos de su cuerpo.

—¿Me echabas de menos? —repitió, agitada.

—Sí, te echaba de menos. Te echaba de menos y esta noche pasaré todo el tiempo dentro de ti, lo quieras o no. —Se detuvo porque una oleada de placer lo había abrumado, la misma que a ella la llevó a gemir en su oído.

—¡Sí! —gritó Selene, sumergiéndose en esa dimensión de intimidad que daba el sexo.

Él, en cambio, tembló pero no volvió a abrir la boca. Selene quería escucharlo gemir y gritar. Deseaba que le susurrara obscenidades con esa voz, porque el tono bajo y ronco con que le hablaba la ayudaba a correrse. Así que se detuvo. Estaba completamente dentro de ella.

—Háblame —susurró.

—Ayer por la noche fui a tratar con la mafia italiana por ti —le confesó.

El placer remitió. No era lo que quería oír. ¿Qué...? ¿Qué? Envolvió sus piernas alrededor de las caderas de Alex y lo abrazó con fuerza para calentarse. El cuerpo de él estaba ardiendo y ella había comenzado a sentir frío en los huesos.

—No estaba solo, mis hombres estaban conmigo —continuó—. Ahora que has regresado a Italia, no quieren dejarte ir bajo ningún punto de vista. Yo… no puedo perderte, haré todo lo posible para no perderte, y se las haré pagar.

Cuando oyó las últimas palabras que él susurraba con desesperación, sintió deseos de llorar. Alex no sabía nada de ella; no era nada para él, entonces… ¿por qué? Tal vez lo conocía y por esa razón no quería mostrarse, probablemente por temor a que lo juzgara. La fantasía había comenzado a volar. ¡Si tan solo le hubiese dicho la verdad!

—¿Quién te hizo esto? —levantó su camisa para quitársela.

Alex la dejó hacer. Selene estaba segura de haber oído que se quejaba por el dolor cuando la tela se deslizaba por sus brazos, más allá de su hombro. Dios, los odiaba, detestaba a quien le había hecho eso.

—No quieres saberlo —susurró.

—Quiero saberlo, Alex, dímelo, por favor —suplicó.

Bajó a besar su hombro malherido. Lo lamió con su lengua, venerando el cuerpo tonificado de ese hombre y se permitió depositar lánguidas y dulces caricias sobre el hematoma. Esperaba recordar el punto exacto donde le habían dado. Por él, lo hacía por gratitud. La estaba defendiendo de un enemigo desconocido.

—No ahora. Primero quiero entrar en ti y luego decidiré si te lo explico todo.

Le dio un puñetazo en el estómago, indignada. No podía mantenerla a oscuras. Todo ese lío la involucraba y tenía derecho a saber.

—¿Por qué no me dices nada? —le preguntó—. Dímelo y haré lo que quieras.

—¿Todo? —susurró, hundiendo la cabeza entre sus senos. Selene lo abrazó, acunándolo, y comenzó una vez más a moverse lentamente. Aún estaba duro dentro de ella. Descubrió que era adicta a la sensación que le daba sentirse colmada por Alex.

—Todo, te lo prometo. Todo lo que quieras —se había comprometido pero era una necesidad vital saber qué clase de peligro corría.

—Entonces perdóname —murmuró sobre su pecho, tomando un pezón entre sus dientes y mordisqueándolo.

Una descarga de adrenalina partió desde sus senos hasta su bajo vientre. Perdonarlo... ¿por haberla secuestrado, por haberla desnudado y amarrado, por haber abusado de ella, mientras, débil, fantaseaba con el hombre que amaba, o ¿por qué? Alex se hundió en ella, sin esperar a que Selene recuperase el ritmo.

Tomó el control de los movimientos y la arrastró consigo a la cama. Se colocó de espaldas y la hizo permanecer sobre él, pero empujaba su cuerpo dentro de ella, obligándola a reaccionar con la misma violencia.

Iba a su encuentro y sus caderas se movían en sincronía. Cuando Alex embestía, Selene bajaba para encontrarlo y viceversa. Los instantes en los que se alejaban eran una verdadera tortura, las embestidas llenas de placer, en cambio, la instaban a gritar su goce.

Selene rechazó la idea de controlarse. En cuanto a los otros huéspedes, por lo que a ella le concernía, podían oír los gemidos de placer que emitía y reírse de ellos. No le importaba en absoluto.

Existía Alex y solamente él. Él... y Román. Selene intentó sacarlo de su cabeza. Se negó a dejarse condicionar una vez más por Mr. Hielo. Alex la estaba ayudando, era él quien la protegía. Román la había traicionado, ya no merecía su amor.

—Basta —murmuró para sí misma, pero Román no la dejaba ir y ella no podía estar enfadada con él como hubiese debido.

El odio era un sentimiento que no podía sentir hacia Mr. Hielo pero el resentimiento estaba allí, presente en su corazón, porque sentía que la había abandonado, cuando en cambio había sido ella quien le había dicho adiós antes de darle la espalda y marcharse.

Alex se corrió en su interior en medio de estremecimientos y jadeos, pero Selene ya estaba divorciada del placer que la había encantado. Desprendida del acto, fingió y gritó un goce inexistente. El único pensamiento que tenía en ese instante se dirigía a Román y a los recuerdos de su pasión. Maldito.

—No, no me mientas —lo había notado...

La hizo tenderse a su lado y la cubrió con su cuerpo empapado de sudor. Sus rostros se tocaron. En el pasado, Selene nunca hubiese creído que podía experimentar tanta excitación al sentir la mejilla de un hombre en contacto con la suya, en lugar de sus senos aplastados contra el pecho desnudo.

Y sin embargo, la barba de Alex le hizo cosquillas y encendió nuevamente su deseo.

—No puedo —se negó.

—Puedes, solamente debes dejar que entre en ti y ya no levantar barreras mentales.

La voz de Román era tan sensual. Román... él siempre era sensual. Selene cerró los ojos y lo sintió sobre ella, su Mr. Hielo. Sus brazos la retenían sobre el edredón, su aliento hacía cosquillas en su cuello. Pasó las palmas por su espalda, deseando ser tomada de nuevo, poseída por él, hasta el final.

—No puedes engañarme, pequeña... —creyó oírlo susurrar la palabra "luna", como la llamaba afectuosamente Mr. Hielo, pero no sucedió, y se quedó con un nudo de desilusión en la garganta. Era una frustración tan real... ¡Oh Dios, cuánto echaba de menos a su ruso!

—Te deseo —le dijo, olvidando que se encontraba debajo de un hombre cuya identidad desconocía. Los límites desaparecían en contacto con su cuerpo, Selene sentía que podía llegar a la cumbre del placer. Le daría lo que deseaba, porque así debía ser—. Ahora, te quiero —repitió.

Su erección presionaba contra su estómago. Se estaba relajando después del orgasmo pero con un movimiento veloz, el cuerpo masculino volvió a colocarse entre sus piernas, presionando para entrar en su interior.

Selene lo dejó hacer y descubrió una nueva dimensión de unión. Él la colmaba pero ya no era una erección hinchada la que presionaba en ella, sino un miembro algo menos turgente blanda y que todavía no estaba listo para hacerla gozar.

—Encárgate tú —le susurró—. Muévete sobre mí, pónmela dura.

Le daba el pleno control sobre él para llegar al orgasmo. Selene invirtió posiciones y de nuevo estuvo arriba. Comenzó a moverse como le había aconsejado poco antes, manteniendo un ritmo lento pero lascivo. Se encontró apreciando el modo en que él reaccionaba a la estimulación de su pene, que se mantuvo lo bastante rígido dentro de ella, a pesar de que ya se había corrido.

Él tomó sus pechos entre sus manos y los apretó, hundiendo el rostro entre sus curvas. Comenzó a estimular sus pezones con las yemas de sus dedos y con su lengua, alternando entre húmedo y seco para que la fricción le provocara cosquillas y escalofríos.

Selene echó la cabeza hacia atrás y lo usó. Lo poseía completamente y disfrutaba haciéndolo. Apretó las rodillas en las caderas de su hombre y aumentó la velocidad de sus embestidas, frotando sobre su ingle para hacer que se hundiera más en ella. El semen la bañaba ya, actuando como un amplificador natural del placer; se deslizaba sobre su pene con increíble facilidad.

—¡Más! —la intimó.

Arañó la espalda del hombre y hundió los dedos en su tensa piel, marcándolo con un signo indeleble de posesión. Era suyo, ahora y siempre.

—Vamos, pequeña —continuó incitándola—. Toma mi polla, así, apriétala y hazla tuya.

La excitaba oírlo hablar con vulgaridad. La piel de pollo entumeció sus brazos y sus piernas, hasta hacerle sentir pequeños escalofríos entre los muslos. La provocación descendió hasta sus rincones más secretos, volviéndola mujer.

Se concentró en las sensaciones que se estaban apoderando de ella: eran maravillosas e incesantes. Tenía poder sobre Alex y había dejado de pensar tanto. Lo sintió despertarse y endurecerse, justo mientras lo montaba y frotaba su clítoris contra el vello de la parte baja de su vientre, para estimularse a sí misma.

Lo había logrado. Lo había hecho excitar una vez más y ahora luchaba contra el deseo de dejarse llevar y estallar en un enorme orgasmo. Estaba allí, lo estaba alcanzando y...

—Qué caliente estás, quiero follarte de nuevo. Muero por follarte, mierda.

¡Si tan solo hubiese esperado para pronunciar la palabra "follarte"! El tono violento e intenso que conocía tan bien superó cualquier resistencia. Román la hubiese follado hasta llegar a su alma, porque era eso lo que buscaba. No le quedaba más que someterse a él y esperar que no la destrozara.

Se corrió en un torbellino de pensamientos y sentidos que se fusionaron entre sí. El mundo se hizo añicos en una miríada de trozos que le quitaron la respiración. Llegó al ápice del placer y gritó mientras él la sostenía por las caderas y comenzaba a moverse en su interior.

Se desplomó sobre él, jadeante, mientras sus posiciones cambiaban de nuevo. Hizo que se pusiera boca abajo y empujó vigorosamente su erección en de ella, luego de haberle abierto las piernas. Selene se sentía desarmada, una marioneta en las manos de su creador.

Los dedos del hombre se colaron entre la colcha y su vientre, bajando para frotar su clítoris nuevamente. ¡Oh, no, quería descansar un momento! Intentó decírselo pero él le ordenó que levantara el trasero y se hundió en ella.

—Román —susurró—, por favor.

Era él quien estaba a sus espaldas, solo él y ningún otro. Una lágrima corrió por su mejilla cuando notó el modo implacable con que la tomaba y la atormentaba.

—Relájate, ahora, yo cuidaré de ti.

Intentó hacer lo que le pedía y distendió los músculos de su cuerpo, cansado de moverse. Posó la mejilla en el edredón y lo dejó tomar el mando. Debía rendirse a él durante el tiempo necesario para hacer que se corriera y luego todo terminaría. Esperaría, como una buena chica.

Una embestida fuerte, una lenta, otra hasta el fondo, una menos... ¿cuánto tiempo? Él continuaba acariciándole el clítoris empapado y lo hacía con delicadeza. Sorprendiéndola, llegó una primera punzada de placer.

Gimió cuando su cuerpo volvió a reaccionar a él. Incansable, se imponía sobre ella y la demandaba. No le permitiría que se distanciara, exigía que participara y volviera a sentir placer.

—Eres un tirano, como siempre —lo acusó en voz baja.

Le pareció oírlo reír a sus espaldas. Luego su mente volvió a licuarse en un cálido mar de goce, esta vez diferente al primero, ligero y en oleadas relajantes. Se corrió con un suspiro feliz en sus labios, junto a él, a quien sintió contraerse en su interior.

Acabó con un gemido prolongado del hombre que la hizo estremecerse con el último rastro de placer que le quedaba para hacerla gozar. ¡Cuánto amaba esa voz!

Alex se desplomó a su lado. La tomó en sus brazos, estrechándola a su pecho, y Selene se acurrucó contra él. Había sido una experiencia fantástica, a pesar de la oscuridad, de hecho, tal vez precisamente gracias a la oscuridad.

—Gracias. —Besó su pecho.

Él la liberaba de cualquier perplejidad o problema. La hacía olvidar que era prisionera, que no comprendía qué estaba sucediendo, lo borraba todo.

—Nunca se dice "gracias" a un hombre después del sexo, es incómodo. Si quieres decir algo, di: "¡fue increíble, qué grande la tienes!". Funciona así —bromeó, volviendo a ser el imbécil que ella conocía. Casi se había olvidado del pésimo sentido del humor de su captor.

¿Lo había vuelto a llamar Román? No lo recordaba pero Alex parecía sereno, así que ese pensamiento no se volvió un problema para ella. Recostó su cabeza sobre él y se permitió una risa divertida. Aunque lo tuviera grande, nunca se lo diría para no inflar su ego masculino, ya era lo suficientemente arrogante.

Levantó la mano, aprovechando ese momento de intimidad para acariciar su rostro. La barba descuidada la irritaba, era áspera pero en realidad la enojaba más no poder imaginarlo o imaginarlo diferente a Román.

Pasó la palma de su mano por su cabeza y los puntiagudos cabellos la pincharon. Comenzó a aceptarlo tal como era, sin buscar otro hombre en él. Ese era Alex, un misterioso secuestrador pervertido e imprevisible.

—¡Diablos, el hombro! —recordó y lo dijo en voz alta—. ¿Te lastimé?

—Cálmate—, murmuró en su frente—. El sexo es una de las actividades que me permite soportar bien cualquier dolor y por ti, habría soportado las penas del infierno.

Lo que no quitaba que tenía un enorme cardenal que recorría su hombro derecho hasta el omóplato y que ella lo había ignorado completamente para tener sexo.

Selene no podía creer que había olvidado que estaba herido sólo para experimentar al máximo su placer. Pasó la mano por su pecho a la altura de la contusión, una ligera caricia a modo de consuelo y disculpas. Se sentía una idiota.

Su escena íntima fue interrumpida por los repetidos golpes en la puerta. Imaginó que era la mujer con la que había hablado poco antes, que le había prometido llevar el almuerzo y los analgésicos a la habitación.

Alex hizo el ademán de ponerse de pie pero se detuvo al recordar un detalle no menor: no llevaba el pasamontañas. Era lo mismo que había pensado ella, por lo que comprendió de inmediato el motivo de la tensión del cuerpo del hombre.

—No miraré —le prometió.

—No es cierto y ambos lo sabemos.

Cuando bajó de la cama, Selene sintió su ausencia. Hubiese podido aprovecharse de la situación y encender la luz. Por qué no, finalmente lo habría visto, pero no reaccionó y se quedó inmóvil en la misma posición en que la había dejado.

Se giró cuando la puerta se abrió. Alex se había colocado nuevamente la camisa y los jeans. La luz se filtraba a través de la abertura y le permitía observar su espalda.

La cabeza estaba rapada, justo como ella había deducido por las caricias que le había hecho. No consiguió distinguir siquiera el color de su cabello, porque sus ojos se habían habituado rápidamente a la más completa oscuridad y ahora la luz la cegaba.

Lo miró fijamente, intentando distinguir otros detalles. Alex abrió del todo la puerta y entró el carrito, agradeciendo a la señora por la amabilidad que había tenido para con ellos.

Siempre era muy obsequioso cuando se trataba de esa mujer, lástima que lo era mucho menos, en cambio, cuando se dirigía a ella.

Selene observó con atención los rasgos, pero estaban borrosos a causa del fastidio que le daba volver a mirar la luz. Hizo presión clavando sus codos en el colchón para incorporarse y observarlo mejor, pero precisamente cuando decidió mirarlo a la cara, la puerta se cerró envolviéndolos nuevamente en la oscuridad.

¡Pésima sincronización! Se maldijo. No había podido verlo, había perdido una gran oportunidad. Su corazón, sin embargo, comenzó a latir enloquecido. Feroz, bombeaba adrenalina sin descanso y Selene no pudo controlar la emoción que la estaba invadiendo.

Cuerpo traidor.

CAPÍTULO 10

Saciada y adolorida, despertó cuando Alex abrió los postigos y el molesto ruido la hizo abandonar el sueño. Finalmente había dormido como un tronco y el sueño había traído consigo sus beneficios objetivos: el cansancio había desaparecido pero había quedado la languidez de la noche de sexo.

Se desperezó voluptuosamente entre las almohadas, mientras él la observaba con su rostro nuevamente cubierto por el pasamontañas. Selene le devolvió la mirada inquisitiva.

—Realmente no miraste —susurró, asombrado.

—Te lo dije —murmuró, con la boca aún pastosa por el sueño—. Tú…no te fías de mí.

Necesitaba una ducha, definitivamente tenía que quitarse de encima el olor a sexo y todo lo demás, pero precisaba ropa limpia y no esos trapos sudados que se encontraban en el piso, esperando que los recogiera. Nunca, antes hubiese preferido ir desnuda.

Alex no había vuelto a colocarse la camisa. Se movía por la habitación como un león enjaulado y de tanto en tanto le dirigía miradas cargadas de asombro. Parecía escéptico.

—Dime qué es lo que te preocupa, tal vez podamos encontrar la solución —le preguntó.

—No puedes no haber espiado —afirmó.

De hecho, había espiado pero no había podido distinguir los rasgos del rostro de su captor, por lo tanto era como si no lo hubiese mirado, así que podía dejar de atormentarla. No había hecho nada más hasta que ambos colapsaron uno sobre el otro, cansados pero satisfechos.

Selene se puso de pie y atravesó la habitación hasta llegar al baño. Él la siguió con la mirada.

—Veo que has dejado de avergonzarte —parecía una acusación.

—¿Se puede saber qué pasa contigo?

Los ojos azules la observaron de la cabeza a los pies. Selene abrió los brazos y se dejó mirar, incluso dio una vuelta lenta y sensual sobre sí misma para demostrarle que ya no se avergonzaba frente a él.

—Entonces, ¿qué es lo que está mal? —insistió.

Recogió su cabello sobre uno de sus hombros y lo peinó con sus dedos mientras intentaba comprender qué era lo que turbaba tanto a Alex como para hacerle cambiar de humor.

—Olvídalo —replicó con dureza.

Se sentó sobre la cama, dándole la espalda y tomándose la cabeza entre las manos. El gesto sorprendió a Selene pero decidió dejar que se las apañara solo con esos pensamientos que no quería compartir con ella. Tarde o temprano hablaría, no tenía prisa por oír lo tenía tan preocupado.

—¿Podría tener otra ropa? —le preguntó, antes de desaparecer en el baño.

—¡Desnuda eres más controlable! —gritó él en respuesta.

Selene torció la boca. Odioso. Le mostraría lo controlable que era sin ropa. Rió pensando en la noche anterior y en la pasión incontenible que había estallado entre ellos.

Se deslizó bajo el agua y suspiró feliz: era lo que necesitaba para iniciar el nuevo día de la mejor manera.

Esperaba que el hombretón allí afuera no volviera a derribar la puerta, porque quería tomar una ducha en paz, sin interrupciones de ningún tipo. Ni siquiera sexuales.

El olor del sexo entre ellos era fuerte. Selene cerró los ojos para olerlo y algo la inquietó. Una vez más el recuerdo de Román interrumpió su serenidad, acabando con toda la alegría que había sentido hasta ese instante.

Apoyó la espalda en las baldosas mojadas y recordó las noches que había pasado en compañía de Mr. Hielo. Miró hacia lo alto con ojos suplicantes, como si alguien pudiese ayudarla. Tenía que recuperar el control de sus emociones y todo estaría bien: Alex le haría olvidar a Román, con el tiempo.

Masajeó su cuerpo con el gel de ducha neutro que proveía el establecimiento. Dejó correr el agua caliente para quitarse de encima el sentimiento de suciedad que repentinamente la había asaltado. No intentó analizarlo. Se impuso olvidar rápidamente la incomodidad que le generaba encontrarse en una condición similar a la anterior y haberse confiado de nuevo a un aparente verdugo. Después de todo, ella no tenía la culpa, era una víctima. No tenía la culpa. Sí, eso era todo.

Alex entró en el baño y Selene sintió rechazo ante la perspectiva de compartir también esa intimidad con él. Echó un vistazo a lo que hacía mientras se aclaraba el jabón.

Se observaba en el espejo. Sostenía en la mano la crema analgésica que ella le había dado. La abrió y depositó el contenido en su palma. Luego la pasó por el hombro que no había perdido ni un poco del color violáceo de la contusión. Selene vio la boca de su captor apretarse para contener el dolor y comprendió que Alex le estaba escondiendo lo mal que realmente sentía. Ese bravucón.

Salió de la ducha y se regocijó con la frescura que sintió en su piel caliente. El calor la hacía sudar y típica la humedad del clima italiano entraba en sus huesos para agotarla. Casi había olvidado lo fastidiosa que podía ser la humedad. Dio unos cuantos saltitos sobre la alfombra, toda mojada, asegurándose de que Alex la hubiese oído salir.

Él, en efecto, se giró en su dirección. Selene no se preocupó por tomar la toalla, todavía goteando extendió la mano y le arrebató con un solo movimiento rápido el tubo de crema. El gesto lo tomó desprevenido.

Alex la miraba, sorprendido. Enarcó una ceja, perplejo, mientras una pregunta atravesaba sus hermosos iris azules.

—Siéntate —le aconsejó.

Quería esparcir la crema en la parte herida. Era un favor que le estaba haciendo, así que esperaba que se diera prisa y se sentara antes de que ella cambiara de opinión. Alex no se movió. En un primer momento pensó que rechazaría su ayuda pero luego comprendió que el motivo de la inmovilidad del hombre era otro: estaba desnuda y eso lo tentaba.

—¡Vamos, siéntate! —lo reprendió.

—Joder, tú quieres matarme —murmuró antes de dar un paso hacia la taza del inodoro.

Sintió una insana satisfacción al verlo en problemas frente a su desvergonzada desnudez. Le gustaba hacer que perdiera los papeles y provocarlo. Si no hubiese tenido esa especie de máscara escondiéndolo habría obtenido aún más satisfacción.

Lo empujó hacia abajo por el hombro bueno y lo obligó a que se mantuviera en silencio mientras untaba la crema en su piel. Puso una buena cantidad en la palma de su mano y comenzó a esparcirla por la zona malherida.

—¿Cuándo te quitarás eso? —le preguntó—. A estas alturas, ya hemos superado la fase de "conocernos", ¿no?

—No —le respondió.

Presionó con más fuerza su hombro y lo sintió maldecir. No conforme con eso, extendió su brazo izquierdo para impedirle que continuara masajeando pero Selene se sentó sobre el muslo envuelto por los jeans y así evitó ese primer intento de alejarla.

Rió divertida cuando él pronunció una serie de maldiciones para escandalizarla. Alex tendría que soportar sus intentos de aproximación con algo más de estoicismo. Quería conocerlo a fondo, a él, a la persona que era y que aún se negaba a confiar en ella. Ese muro que se interponía entre ellos debía caer, para Selene era necesario que Alex se decidiera a destruirlo porque solo así podría olvidar el pasado y vivir el presente.

—Deberías ocuparte de tu muñeca —la sermoneó.

—Está sanando —se detuvo para mostrarle el estado de su piel.

Aunque enrojecida y ablandada por el agua, le dolía menos y allí donde antes había una excoriación, ahora había un tenue color rosado que indicaba que se estaba curando.

—En todo caso... ambos sabemos qué fue lo que sucedió en mi muñeca, pero tú no me has contado cómo te has hecho este bonito cardenal.

Continuó masajeándolo para que la crema se absorbiera. Finalmente Alex se calmó bajo su toque y Selene pudo relajarse y continuar con su trabajo. El tono grisáceo y violáceo de la piel del hombre la preocupaba. Temía que no se tratara solo de una contusión cualquiera, el hematoma era muy grande. Sin embargo, hubiese preferido que fuera un médico quien diera su veredicto y no ella, pero Alex nunca se dejaría convencer de ir al hospital.

—Fue un pequeño accidente —restó importancia.

—Que te estaba por costar el hombro. ¿Por casualidad te has metido en una pelea con el muro?

—Te lo he explicado...

—Dijiste que alguien está intentando dar conmigo. La mafia italiana, pero no tiene sentido para mí —lo interrumpió Selene.

Estaba tentada de empujar donde estaba más oscuro para hacer que escupiera todo, incluso si de ese modo solo lo haría enfadar. Su palma dibujaba círculos concéntricos en la clavícula de Alex y repetía ese gesto mecánico con atención, para no provocarle dolor. Era muy erótico.

—No, imagino que no lo sabes —suspiró él—. Está en juego la vida de quien te vendió.

—¿Qué es lo que quieren de mi? —Ni siquiera recordaba el nombre de su vendedor. Toda esa historia le parecía un jueguecito macabro sin sentido.

—Fuiste vendida por un tal "Jack" que tenía orden de pagar importantes deudas. Pero no lo hizo.

¡Jack! Su mente la recondujo a la patada que ese bastardo le había propinado en el costado e instintivamente se llevó la mano izquierda a donde recordaba que le había sido asestado el golpe.

Lo mismo hizo Alex. La cálida palma de su mano izquierda rozó su costado, como si supiera, pero él no podía saber ese detalle. ¿O si?

Lo miró a los ojos. Azules. Había diez hombres en la habitación del hotel ese día, en Rusia. Diez. No los recordaba a todos.

—Eres uno de ellos —intuyó.

—Selene... —murmuró él—. Por favor.

—¡Eres uno de ellos! —se encontró gritando—. ¡Uno de esos bastardos que querían violarme!

Se levantó del muslo que la sostenía y retrocedió hasta el lavabo.

¡Era uno de esos monstruos y se había acostado con él! Lo había acariciado, prácticamente le había rogado que tuviera sexo con ella, provocándolo. Estúpida idiota, resultó ser la puta en que ellos esperaban que se convirtiera.

—¡Animal! —gritó.

—La deuda no fue saldada —continuó Alex—. Por eso te han hecho buscar. No les fue difícil seguir tus huellas cuando te hicieron un pasaporte falso. Tienen varios contactos en Rusia. De modo que esperaron que regresaras a Italia para...

—¡Te acostaste conmigo, maldito bastardo! —De nuevo no lo dejó acabar.

Por eso el pasamontañas. No quería que lo reconociese. Selene no podía creerlo. Ella lo seducía, desnuda, había confiado en él sin saber quién era. Pero, ¿en qué estaba pensando?

—¡Escúchame, joder! —Gritó Alex a su vez, intentando cogerla para atraerla hacia él.

Selene no quería hacerlo y se soltó rápidamente de su agarre, tomando la toalla.

La envolvió apresuradamente alrededor de su cuerpo. Le temblaban las manos, no conseguía sostener la tela entre sus dedos. Fue una operación difícil pero finalmente pudo cubrirse. Se preguntaba cuál de los tantos hombres que habían disfrutado con la escena de ella inerme, tendida sobre el suelo, era él. Tal vez había sido uno de los que había hecho declaraciones vulgares, o que se había burlado de ella con repulsión.

Selene tenía que irse de inmediato, escapar de él y regresar a su casa, donde estaría segura. El problema era cómo hacerlo.

—Nunca dejarán de buscarte. Soy la única esperanza que tienes de salir ilesa —le dijo.

—¡Vete a la mierda! —estalló.

Gritó y regresó al dormitorio. Corrió hacia la ropa que se encontraba tendida en el suelo y la tomó, abrazándola contra su pecho. Tenía temor a que sus piernas no la sostuvieran: estaba shockeada. Alex entró en la habitación tras ella, con las manos levantadas, como para mostrarle que no corría peligro. ¡Mentiroso!

—¡Te estoy protegiendo! —repitió.

—Veo cómo lo haces —le reprochó—. ¿Cómo fue follarme? Era eso lo que querías, ¿cierto?

Y también ella lo había querido. Culparlo por lo que había sucedido no hubiese servido para hacerla sentir mejor pero estaba furiosa con él por no haberle dicho la verdad.

—Nunca hubieses confiado en mí —observó—. Tuve que cubrirme.

—Oh, claro, pero cuando te hice una mamada no tuviste problemas.

Alex bajó las manos y las llevó a sus caderas.

Selene sentía náuseas ante la idea de colocarse nuevamente la ropa sucia, pero no tenía otra opción.

Se inclinó para ponerse las braguitas. Mientras curvaba la espalda para intentar llegar a sus tobillos, Alex habló:

—Tiéndete sobre la cama —era una orden.

Si esperaba que... ladeó la cabeza y vio el arma de fuego en el puño de su captor. Sin darse cuenta, le había dado la posibilidad de llegar a su bolso. Abrió grande los ojos. Le había dicho que no quería matarla pero las intenciones de Alex ya no le parecían tan bondadosas.

Las braguitas cayeron de sus dedos, que nunca habían dejado de temblar. También el resto de la ropa regresó al piso. Hizo lo que le había ordenado y subió a la cama. Se acurrucó con las rodillas contra el pecho.

—¡Te odio! —escupió con el último grano de valor que le quedaba.

Él se le acercó y colocó un mechón de cabello empapado detrás de su oreja. Sentía que lo detestaba con toda su alma, pero aun así deseaba saber cuál de esos bastardos era.

—No, pequeña, tú no me odias —la corrigió—. Tú no entiendes y yo no sé cómo hacer para que me perdones.

—Maldito. —Le escupió en un ojo y consiguió dar en el blanco.

Alex perdió la paciencia. Reconoció de inmediato cuando en sus ojos la ira tomó el mando sobre las otras emociones. Moriría. Cerró los ojos, lista para morir pero no oyó ningún disparo. Volvió a abrirlos y vio a su captor lanzar el arma lejos de ellos, haciéndola caer al piso. La pistola se detuvo debajo de la ventana. Selene continuaba estando aterrorizada.

La tomó con furia y la colocó debajo de su cuerpo. Las manos masculinas levantaron la toalla sobre sus caderas para descubrir la parte inferior de su cuerpo.

—¡No! —gritó cuando comprendió sus intenciones.

—Calla —murmuró.

—No puedes hacerlo —replicó respirando hondo—. No lo hagas.

Lo arañó con toda la fuerza que le quedaba en el cuerpo. Se abalanzó sobre su dominante pecho e intentó morderlo, pero no lo golpeó en el hombro lesionado. Trató de convencerse de que debía salvar su vida y por lo tanto golpearlo justo en ese punto, pero no lo hizo.

—Hazlo —le susurró Alex al oído.

Todavía tenía las palmas suaves por la crema que acababa de untarle en el hombro lívido. Selene no quería enfurecerse con él y se culpaba por eso. Estaba en juego su libertad y sin embargo, cuando miraba esos ojos no veía maldad. Lo único que leía era ardor, pasión.

—¿Dónde irás sin mí, eh? —la provocó—. ¿Piensas que te dejarán ir?

—No lo sé —admitió.

Estiró las piernas y le permitió ponerse en cuclillas entre ellas. Los jeans que lo cubrían estaban en su sitio. No se había desnudado para abusar de ella. Selene pensó que era una amenaza para asustarla e inmovilizarla, así que intentó relajarse y ver cómo se comportaba.

—Solo quiero protegerte. Créeme —le juró.

—¿Estás a punto de violarme y dices que quieres protegerme? No eres creíble —señaló.

La misma lengua larga de siempre. Tomó su barbilla entre sus dedos y la hizo mirarlo a los ojos. Su corazón se saltó un latido cuando leyó en ellos decisión y una enorme fortaleza. No la dejaría ir, incluso a costa de hacer que lo odiara.

—Pierdo la cabeza cuando se trata de ti —le confesó—. Me estás haciendo descubrir un lado de mí que no pensaba que pudiese existir.

Selene lo deseo.

No importaba que hubiesen pasado la noche teniendo sexo, aun así lo deseaba. No le bastaba, no había límite en ese loco deseo de abrazarlo y sentir que se fundía con él.

—Eres impredecible —constató. No podía prever los cambios de humor de ese hombre.

—Te aseguro que nunca he sido así —confesó—. Soy un hombre poderoso, acostumbrado a mandar. Tú me descolocas y me haces comprender que me he equivocado en todo contigo.

Selene se hizo pequeña ante esas palabras. La sangre comenzó a bombear furiosamente en sus venas e incomprensibles sensaciones la dominaron. Quería verlo. Tenía que hacerlo, no podía esperar más.

Los brazos rodearon su cuello y comenzaron a levantar la tela del pasamontañas. Esa barrera tenía que caer, ahora, de lo contrario Selene no tendría paz. Necesitaba mirar a la cara a uno de los hombres que se había burlado de ella y la había insultado.

—¿Me habrías usado? —susurró en el cuello de Alex. El calor que se difundió desde su estómago hasta el bajo vientre era puro deseo por él.

Escondió el rostro en el hueco de su hombro, el que no dolía, e inspiró el aroma a hombre que emanaba.

Dejó que se abriera paso en su interior para absorberlo completamente. Le parecía familiar, acogedor y eso la impactaba.

—Sí, lo hubiese hecho. Lo deseé tan pronto como te vi y comprendí que no sabías nada de lo que te estaba sucediendo. Me derrotaste y me venciste. Ya era tuyo.

—¿Y por qué no me compraste? —preguntó con curiosidad.

—Perdóname —repitió.

Comenzó a quitarle el pasamontañas pero la detuvo antes de que pudiera superar la base de su cuello.

—Ya no necesitas esconderte —los iris azules sondeaban su alma.

La boca de él estaba a poco más de un suspiro de la suya; sus alientos se mezclaron y Selene lo respiró. Su estómago se tensó en un nudo de emoción.

—Confía en mí, te lo ruego —le suplicó.

—Confiaba.

—¿Como habrías confiado en tu ruso? —preguntó.

Román. Recordó los iris fríos que la habían observado y atraído desde el primer instante juntos, haciendo que confiara en él. Había creído que le pertenecía y todavía se sentía ligada a su recuerdo. Si recordaba a Mr. Hielo su corazón se vaciaba y la ausencia de él volvía a ahogarla. Román, su todo, le había enseñado los límites del amor. Pero ahora… no, ya no confiaría en él, no después de su traición con Tatia…. sin embargo no hizo partícipe a Alex de esa verdad.

—Todo esto es absurdo —espetó—.Tú, la mafia, Rusia, las deudas…

—Eres una víctima. También de mí —admitió su captor.

Demasiadas emociones.

Selene dejó caer la cabeza hacia atrás, sobre la cabecera de la cama e intentó poner orden al caos que reinaba en su interior.

Alex tomó su rostro entre sus manos y apoyó su frente en la suya. Qué cálidos eran los dedos de su secuestrador sobre su húmeda piel. Continuaron mirándose pero ella notó que quería quedarse a solas para procesar y comprender lo que le había dicho. No era tonta, le estaba ocultando algo más. Y debía estar preparada para cuando toda la inmundicia de ese asunto saliera a flote.

—Quisiera quedarme a solas.

—Espero que comprendas el motivo por el que te encerraré aquí dentro con llave.

Temía que escapara. Prometerle y asegurarle que no quería hacerlo no lo hubiese convencido de lo contrario.

—Está bien, lo entiendo —se obligó a responder.

—No escapes de mí —le dijo al tiempo que se alejaba de ella. A Selene le faltó el aire.

Estiró la mano con el propósito de tomar su brazo pero desistió. Experimentaba una serie de impulsos contradictorios que la confundían.

Vio a Alex ir hacia el bolso, abrirlo, sacar una camisa limpia y ponérsela.

El paso siguiente fue dirigirse hacia la ventana para recuperar la pistola.

—¿Alguna vez me dirás quién eres? —explotó Selene, acurrucándose en la toalla.

La máscara negra se giró hacia ella. No le respondió, en lugar de ello fue hacia la puerta y salió. Un clic le hizo saber que había cerrado con llave.

Selene se encontró llorando. No era lo suficientemente fuerte para soportar también eso.

CAPÍTULO 11

Sola. Se quitó la toalla y la arrojó lejos. Se puso de pie de un salto, abatida, pero al mismo tiempo fuera de sí por la frustración.

Sin Alex la habitación estaba vacía. Simplemente vacía, vacía, vacía… ¡Selene consideraba que estaba mal tener que soportar también una tortura como esa! Con él sentía que el mundo volvía a su sitio; cuando desaparecía, en cambio, la arrojaba a la más completa confusión. Le recordaba la dependencia que la había unido a Román y de la que había creído que no podría liberarse.

Tomó la ropa del suelo y con creciente fastidio, se la colocó. Primero las braguitas, luego el sostén, finalmente los pantalones y la camiseta amarilla. Esos movimientos normales no consiguieron calmarla, sentía que tenía al diablo en su cuerpo, quería desquitarse con alguien pero la única fuente de desahogo que tenía disponible era la pared.

Necesitaba hacer algo con su cabello mojado. Se secaría solo si abría la ventana, dejando entrar algo de viento cálido y húmedo. Se dirigió hacia los postigos y los abrió de par en par.

Vio a Alex salir del hotel rural y dirigirse hacia el auto. Selene apretó entre sus manos el alfeizar de falso mármol, luego se asomó para verlo subir al Lamborghini. Su captor abrió la puerta y repentinamente se detuvo, sin entrar en el coche.

Se giró y alzó el rostro para mirar hacia la habitación. Selene no se ocultó de esos ojos azules y devolvió la mirada preocupada que le dirigió Román. Notó que ya no estaba enfadada, ni conmocionada por lo que había descubierto de él, solo tenía miedo. No de Alex sino del resto, de todo lo que aún no sabía.

Se inclinó hacia delante y lo saludó con un gesto inseguro de la mano. De acuerdo, era una idiota. Lo había acusado de ser un monstruo de la peor especie y ahora estaba ansiosa por tenerlo de nuevo a su lado, en la habitación, para abrazarlo y perderse en él.

Alex hizo deslizar de su hombro el bolso y lo colocó en el interior del coche sin apartar los ojos de ella. Pero no devolvió el saludo como hubiese esperado, se dejó caer en el asiento y cerró la puerta.

El auto vibró cuando encendió el motor. No se podía decir lo mismo de ella, que se había apagado cuando comprendió que él no devolvería su clara manifestación de debilidad.

Selene podría haber pensado en un modo de huir, como escalar desde el primer piso atando las sábanas, o encontrar el modo de bajar con un ágil salto sobre el muro, buscando de dónde aferrarse, pero todavía no se había convertido en gatúbela y realmente no tenía tantos deseos de escapar.

Sintió una imprudente apatía que la hizo desear tenderse sobre la cama y dormir hasta que su captor regresara. Al menos calmaría sus nervios y relajaría su cabeza, que estaba repleta de pensamientos.

Se desplomó en el suelo, con la espalda recostada contra la única butaca que había en la habitación, y cerró los párpados. El canto de los grillos la acunó. Estaba en Italia. El perfume de la hierba, los sonidos del exterior, la humedad. Inclinó el cuello de lado y se meció, inhalando y exhalando para encontrar una dimensión más serena.

Sin embargo, las imágenes de ese día comenzaron a correr en su mente. Volvía a ver los rostros de los hombres que se habían burlado de ella, se habían permitido humillarla por su virginidad.

Algunos tenían los ojos azules pero no recordaba entre ellos ningún hombre de físico delgado y atractivo como el de Alex. Uno sí, solamente uno, pero no era él.

Se estremeció cuando la voz de Mr. Hielo volvió a resonar en sus oídos. El tono cálido y sensual que la atrajo desde el comienzo. Sí.

Una tonalidad muy parecida a... Selene abrió de nuevo los ojos y rememoró los hechos intentando utilizar la lógica. Conocía a Román, había aprendido a comprender lo coherente y exagerado que era respecto a sus posiciones.

"Perdóname", le había dicho Alex. Alex… por un instante Selene volvió a verse en el hall de un hotel anónimo y carente de humanidad. Un sujeto rubio la estaba importunando pero su temor era demasiado grande para permitirle reaccionar. Román se había aproximado al hombre y se había burlado de él con palabras duras y contundentes, recordándole que había llegado demasiado tarde. ¿Cómo lo había llamado? Selene se esforzó, pero no lo recordó. En cambio recordaba aún cómo el tipo se había dirigido a Mr. Hielo. Lo había llamado Alex.

"Perdóname". El mismo tono. Selene comenzó a jadear y se aferró al brazo de la butaca. No corría peligro de caer, estaba sentada pero un abismo de incredulidad se había abierto a sus pies y la arrastraba hacia abajo con increíble obstinación.

No lo había notado antes, sin embargo allí estaba, insistiendo, golpeando las puertas de su mente desde la primera vez que lo había visto. Los iris eran azules, le decía su cabeza, no podía creer que fuese la misma persona; la cabeza sin los rizos de Mr. Hielo, ese era otro indicio contra el deseo de ver a Román en Alex.

Pero... Oh Dios. Ella conocía el cuerpo de Román, el sabor de ese hombre maravilloso. Alex nunca había podido tomar su lugar porque... porque...

—Oh, mierda —susurró.

Porque era Román. Se había corrido en su boca, habían tenido sexo y Selene nunca había separado la figura de los dos hombres. Muchas veces había gritado el nombre de su ex amante y él no la había regañado por haber imaginado a alguien más cuando estaban en la cama. Imposible que un hombre no se ofendiera si una mujer fantaseaba con otro mientras hacía que se corriera.

Sus rodillas comenzaron a temblar. Intentó sujetarlas con sus manos. Estaba sudando.

Selene se ordenó mantener la calma, porque sus ideas se volvían más confusas con cada minuto que pasaba. Era ella quien quería que Alex fuese Román, porque de ese modo el sentimiento de culpa respecto al deseo que sentía por él se disolvería como por arte de magia.

La altura, sin embargo, era la misma.

—Piensa, ¿por qué no se quitó el pasamontañas? —murmuró para sí misma.

Bien, ahora incluso hablaba sola. La locura le estaba haciendo una excelente compañía.

La boca. Los labios de Alex eran visibles. Un círculo de tela los rodeaba. Los de Román eran suaves y lisos, no demasiado carnosos. Los había sentido sobre ella y había obtenido un placer infinito con ellos.

Podía ser. Su cuerpo ya los había identificado. Lo había deseado en el mismo momento en que había percibido esa familiaridad. Había confiado de inmediato en él y luego… Alex desnudo, Román desnudo, los comparó. Nunca se había atrevido a pensarlo seriamente, pero ahora tenía que hacerlo.

Se humedeció los labios, repentinamente secos, y fantaseó con las manos de ambos sobre su cuerpo. Dos hombres como esos que la tomaban por atrás, juntos, y hacían que se corriera. La idea la excitó.

Intentó dar un rostro a Alex mientras los veía jugar con ella. En su fantasía tomó en la boca la erección del hombre de rostro cubierto y luego le quitó el pasamontañas. Estaba teniendo sexo con el mismo hombre, no con dos.

Sus dedos bajaron a apretar sus pechos mientras hacía otro experimento. Se enfocó en la cabeza en Iván, el brazo derecho de Mr. Hielo, e intentó idealizar la figura del hombre, sustituyéndolo por Alex.

No pudo continuar. Lo dotó de una erección grande y gruesa, lo volvió más atractivo de lo que en realidad era, pero no pudo pensar en tenerlo detrás de ella, o en su boca.

La simple idea de sentir otro perfume que no fuese el de Román le era insoportable. Quería la semilla de Mr. Hielo, su sabor y el de nadie más.

Volvió a imaginar a Alex. El calor entre sus muslos aumentó y el deseo por él hizo que ansiara tener sexo. Inmediatamente. ¿Qué había en él que la atraía a tal punto de hacerle olvidar sus sentimientos por Román?

Dejó de fantasear con escenas de sexo desenfrenado y recordó otra frase, esa que había pronunciado la propietaria del lugar. Había elogiado el color de los ojos de Alex: verdes, sí. Su captor no tenía los ojos verdes sino azules. ¿Realmente lo eran? Ciertamente, Selene no tenía problemas de visión.

Intentó no darle más vueltas a la posibilidad de que Alex y Román fuesen el mismo hombre y se dejó guiar por las sensaciones. Deslizó la mano por su vientre y la llevó entre sus piernas, masajeándose para aliviar el deseo que sentía por ellos dos.

Mr. Hielo le había dicho una vez que deseaba tomarla por detrás pero no de la forma habitual. ¿Podía provocar a Alex y ver cómo reaccionaba?

Gimió de placer al pensarlo. Con su captor había jugado y bromeado; Román estaba habituado a dar órdenes y hacer que ella las cumpliera. Sin embargo, Alex también había tenido tendencia a decirle qué hacer.

De nuevo imaginó a Mr. Hielo frente a ella y a su captor detrás. Tenía a uno en la boca y al otro entre las piernas; ambos se movían, ambos jadeaban. Los dos tenían el mismo rostro, idéntica voz e igual sabor. Román la rodeaba, la tomaba por todas partes y era siempre él quien la tocaba, nunca otras manos extrañas.

Selene comprendió. Hasta que no viera el rostro de Alex siempre lo identificaría a Mr. Hielo. Por eso le permitía entrar en sus fantasías.

Se puso de pie de un salto y tomó una decisión: lo obligaría a mostrarse. Selene entendió que le sería imposible dejar a Román y a su pasado atrás. Lo amaba y por eso él era el centro de todas sus acciones y reacciones.

Por eso, cuando Alex la tomaba con fuerza podía hacer que por un momento lo olvidara. Tal vez ese era el objetivo del hombre. La primera vez la había empotrado contra el muro y le había impuesto pensar en su ruso mientras tenían ese maravilloso sexo. No era normal. ¿Podría haberla condicionado precisamente de ese modo? Se avergonzaba de desear a Alex por lo que era y no porque pensaba en otro. Había jurado amar a Román, eso hacía que se sintiera una puta al estar con su secuestrador.

Pero... Dios, cómo la excitaba verlo caminar por la habitación, con esos jeans ajustados y el pasamontañas en el rostro: cruel, apasionado, sexual.

—Detente, detente, Selene, no está bien. Estás comenzando de nuevo —se acusó.

Se restregó los ojos e intentó pensar en otra cosa. Para mantenerse ocupada podría ordenar la habitación, hacer la cama cincuenta veces o jugar con su amigo imaginario. Amigo... la erección de Román volvió a aparecer en su mente... no, no "ese" amigo.

Y sin embargo, sexo con Alex, no le faltaba. Tal vez simplemente estaba al borde de la locura porque se encontraba prisionera de un hombre que juraba querer protegerla de la mafia italiana.

¿Y quién más que un mafioso ruso con un excelente conocimiento del idioma italiano y propiedades en todo el mundo podía hacerlo? Era simple pensarlo de ese modo, ¿verdad Selene?

—Bien, está decidido. Haz la cama al menos cincuenta veces —se impuso.

Y lo hizo. Los gestos mecánicos con los que hacía y deshacía la cama le sirvieron para no perder ese poco de claridad mental que le quedaba. Incluso dejó de hacerse películas en su pequeño cerebro y vació su mente de cualquier fantasía traicionera.

No tenía reloj, así que no sabía con exactitud cuánto tiempo pasaría antes de que Alex regresara. La gente normal compraba un móvil, ella había perdido el suyo hacía meses y el que le había dado Román, bueno, ese había desaparecido cuando había sido secuestrada.

Ocupó su mente con pensamientos insulsos, solo para pasar el tiempo. Incluso trató de contar y ver qué tan lejos llegaba, luego su cabeza se desvió e intentó regresar a orillas del tema tabú.

Entonces lo escuchó, el sonido de un auto sobre la grava, y corrió hacia la ventana para asegurarse de que se trataba de él. Era tarde. El sol se ponía.

Alex bajó del Lamborghini y tomó cuatro o cinco bolsas repletas, además de su gran bolso. No miró hacia ella pero Selene no se sintió molesta, solo siguió los movimientos del hombre hasta que desapareció.

Quería concentrarse en cada pequeño detalle. Debía averiguar la identidad de su captor a toda costa. Incluso si para hacerlo tenía que valerse de artimañas.

Su corazón latía enloquecido. Pasó la palma de su mano por su pecho y lo sintió latir a gran velocidad. Estaba feliz de que hubiese regresado con ella. Oyó que la llave giraba en la cerradura y luego vio que Alex aparecía.

Finalmente se giró para verla. Su mirada afligida y contrita la perforó de lado a lado.

"Perdóname", le decía.

—Lo siento —dijeron ambos al mismo tiempo.

Y se aclararon la voz.

—Lo siento —repitieron.

Selene se sonrojó. Eso no era simple vergüenza, había sentimiento en el aire. Y un hombre no podía sentir una emoción tan fuerte por una mujer después de sólo unos pocos días, tal vez entonces…

—No debí reaccionar así —tomó valor y habló—. Estaba consternada porque no me gusta que me utilicen.

—Y yo lo hice —concluyó él.

—Tú puedes —murmuró con la pasión reprimida haciendo que feroces escalofríos corrieran a lo largo de sus piernas y sus brazos.

Alex abrió desmesuradamente los ojos y se quedó embelesado, observándola. Maldición pero, ¿por qué había salido de su boca una frase así? Román podía todo con ella, pero Alex no.

Para disimular la incomodidad que se había creado entre ellos, Selene llevó su atención a las nuevas adquisiciones de su captor. Las bolsas en las manos del hombre eran todas de famosas marcas italianas.

—Te traje algo de ropa —dijo.

Selene no pudo resistir. Ya había cometido el error de confundir a los dos hombres más importantes de su vida. Se arrojó a sus brazos sin pensar más que en sentir el calor que se creaba entre ellos.

Alex no se molestó en ordenar las compras, las dejó caer al suelo, junto al bolso con las armas que corrió el mismo fin, y la cogió en volandas.

La abrazó y hundió la nariz en sus cabellos.

—No sé cómo comportarme contigo —le reveló.

—No seas distinto a como eres. Es inútil. —Deseaba ardientemente al hombre dominante y arrogante que había conocido. La pasión de Román la había domado y le había hecho descubrir un vínculo inmoral que, incluso a pesar de no tener lógica, había hecho que se enamorara de él.

Quería de vuelta a su déspota favorito. Alex palidecía comparado con el carisma de Mr. Hielo, incluso si no podía ocultar el lado prepotente que le hacía perder la cabeza por ella. Selene rodeó el rostro cubierto con el pasamontañas y lo miró directo a los ojos. Iris azules. Se elevó en las puntas de sus pies para besarlo. Alex parecía conmocionado.

Estaba comenzando a cerrar los ojos para profundizar el beso cuando notó un diminuto círculo en el iris del hombre. La lengua de él se abrió paso en su boca pero Selene estaba distraída: esas eran lentes de contacto.

Su corazón se saltó un latido. Entonces no era tan improbable como pensaba. Si eran lentes de contacto de colores, quería decir que… Román le estaba mintiendo para esconderse.

Era uno de los hombres que la había mirado, sopesado y, por supuesto, deseado, no le había mentido, pero había sido el único que la había tenido y también el único que la había conquistado.

Alex. Alessandro. Román. Sintió deseos de reír. Había sido una estúpida. Mr. Hielo nunca la habría abandonado, nunca. Él era su dueño, era suya, y con tal de protegerla le estaba mintiendo. ¿Era eso?

—Tengo hambre —puso fin al beso hablando.

Por culpa de ese hombre, olvidaba continuamente que debía comer. Pero tampoco Román, o Alex, parecía propenso a tocar la comida.

—Nos traerán algo de comer dentro de poco —le aseguró.

—¡Era hora!

Tenía que encontrar el modo de hacerlo confesar. Una de las pocas debilidades de Mr. Hielo era el sexo, pero él solía controlarse cuando decidía que había cosas más importantes en la escala de prioridades. Sin embargo, Selene podía empeñarse y hacer que capitulara.

Se volvía loco con el sexo oral. Selene bajó la mirada a la entrepierna de los jeans. Incluso si se arrodillaba y lo tomaba entre sus labios, nunca cedería y se quitaría el pasamontañas. Ya lo había intentado.

—Veo que mis jeans te gustan —bromeó.

Los ojos de Selene saltaron hacia lo alto y se perdieron en los iris azules del hombre. La había descubierto de inmediato, no era buena ocultando su deseo, pero esperaba al menos no haberlo hecho adivinar sus verdaderas intenciones.

—Me gusta lo que hay debajo —lo provocó.

Venció la batalla, Alex no respondió. Ahora tenía sentido el aire combativo que sentía en torno a él cada vez que entre ellos nacía el deseo. Se sentó en la cama, tomando el bolso y atrayéndolo hacia su cuerpo.

Selene no dijo más, observó sus gestos y finalmente le pareció que tenían un significado preciso.

Los hombros rígidos y encorvados para coger las armas, el cuerpo tenso que se movía para no dejar ver la profundidad de la lucha que estaba librando.

—Gracias —le dijo.

—¿Y por qué? —ladró.

Ese era su Mr. Hielo. Antes serio y compuesto, luego irracional e impredecible, buscaba impedir que lo descubriera, llevando al límite sus nervios.

—Por la ropa —replicó.

Se sentó a su lado y subió las rodillas para buscar una posición cómoda sobre el edredón.

Él la ignoró. Mientras más lo observaba, más se abría paso en ella la certeza de que se trataba de su Mr. Hielo. Intentó ponerse en sus zapatos y no consiguió imaginar cómo sería hacer el amor con ella.

La tomaba, gozaba, pero no podía decirle que era el hombre con quien había compartido todo, incluso su corazón. Y por eso fingía ser otro, sufriendo sin poder resistirse, esperando que ella no se enamorara de alguien más.

"Perdóname."

—Nadie puede hacerlo —pronunció de repente en voz alta, sorprendiéndose incluso a sí misma.

—¿El qué? —balbuceó él.

—Tomar tu lugar —continuó diciendo—. Nadie puede hacerlo. Nadie puede fingir ser tú y esperar engañarme durante mucho tiempo.

CAPÍTULO 12

S elene hubiese querido que las palabras pronunciadas llegaran a oídos de Alex pero precisamente cuando estaba susurrando su confesión, alguien llamó a la puerta. La cena había llegado.

Su captor murmuró algo, irritado por la interrupción, y le lanzó una mirada dubitativa. Ella devolvió la mirada fingiendo no haber dicho nada importante, se encogió de hombros y con un gesto de la cabeza le hizo saber que continuarían con esa conversación más tarde.

La mujer entró; empujaba un carrito repleto de platos. Se le hizo agua la boca.

—Buenas noches —saludó.

La habitación estaba en un estado lamentable. Selene se avergonzó, pero al menos la cama no estaba deshecha. La señora miró a su alrededor, sin embargo no hizo comentarios, destapó los manjares y el magnífico perfume que desprendían se esparció en el aire.

Dos estómagos gruñeron al mismo tiempo. La propietaria del hotel se permitió reír de su hambre. Selene, en cambio, se sonrojó por la vergüenza.

—Sé que adora la cocina italiana —dijo mirando abiertamente a Alex.

Él se limitó a sonreír con complicidad pero no respondió. Se apresuró a tomar el carrito y a agradecerle nuevamente por la amabilidad y la deferencia con que los trataba. La señora dijo algo sobre la importancia de dejar libres a los huéspedes para que se manejaran solos y él la entretuvo con un insensato parloteo sobre el deseo de una familia.

Selene olía ansiosamente esos aromas que la tentaban y esperaba con todo su corazón que la señora desapareciera lo antes posible para poder arrojarse sobre la comida.

Cuando los cumplidos terminaron y estuvieron nuevamente a solas, fue inevitable dejar escapar un suspiro de alivio. Habría quedado como una maleducada si se hubiese echado sobre la comida con impaciencia.

Alex rio frente a su evidente apetito pero también él estaba claramente hambriento.

—De modo que te gusta la cocina italiana... —murmuró. Precisamente como si no fuera italiano.

Selene se aproximó al carrito y sus ojos cayeron sobre un enorme plato de lasaña al pesto. Se olvidaría por un tiempo cualquier referencia a la mafia y al secuestro: disfrutaría por completo de su cena.

Él tampoco dijo nada y tomó abundantes porciones. Le dejó la más grande, aunque ella podría haberse comido tres platos gigantes sin saciarse.

—Adoro la lasaña —no era el único.

Ambos fueron hacia la cama. Con las piernas cruzadas y sosteniendo los platos en sus manos, comenzaron a comer. Al inicio prevaleció el silencio, prefirieron concentrarse en el sabor de la bechamel y el pesto, pero luego Selene sucumbió a la tentación de provocarlo.

—Pensaba que eras italiano —aventuró.

—Algo así —balbuceó él.

Ocultó la dificultad de responder como un verdadero actor profesional. Con despreocupación, continuó llevándose el tenedor a la boca. Selene se felicitó por la sangre fría, Román era un as cuando se trataba de velar sus emociones, no debía olvidarlo.

—¿A qué te refieres? —perseveró.

Él tragó otro bocado y la observó.

—Tengo orígenes italianos.

Agradeció mentalmente a Tatia por haberle confesado la verdad sobre la madre de Mr. Hielo: una italiana. Él había sido más bien esquivo acerca de ese punto de su vida y ella había preferido no insistir. En ocasiones las novias oficiales resultaban útiles, especialmente si eran cotillas.

—La señora te conoce. —No era una pregunta.

—¿Gina, dices? —Ah, así se llamaba. Habían olvidado las presentaciones—. Sí, es una buena persona, muy servicial.

—¿Hace mucho la conoces? —Selene fingió estar más interesada en el plato que en las preguntas. Tomó otro bocado y comenzó a masticar. Por supuesto que Gina era buena en la cocina, ya había tenido ocasión de comprobado, pero con esa lasaña se había superado.

—Nos conocemos desde hace un tiempo —dijo.

—Espero que no siempre te haya visto con ese pasamontañas —bromeó—. Te afea.

Alex sonrió.

—No, me ha visto sin la máscara, pero es una mujer que sabe meterse en sus asuntos, a diferencia de alguien que conozco. Sabes, ella está habituada a no fisgonear donde no debe —replicó con una sonrisita irritante.

Compartir ese momento de banal intimidad hizo que los nervios de Selene se relajaran. Alternaba momentos de alegría con otros de desconsuelo. Poco antes se convencía de que Alex era Román, luego cambiaba de opinión y se persuadía de que eso era imposible. Se llamaba estúpida porque creía que tenía indicios suficientes para incriminarlo, sin embargo se dejaba atrapar por mil incertidumbres.

—Entonces, ¿la máscara es por mí? ¿soy yo quien no quieres que te reconozca? —preguntó, esperando que respondiera de forma sincera.

Alex, o Román, le quitó el plato de las manos. Lo colocó sobre el suyo y se puso de pie para tomar las patatas y la carne.

—Necesito que confíes en mí, por eso lo hice —le entregó su porción y ella la tomó, aceptando también el pan.

Volvió a sentarse sobre la cama.

—Por lo general las personas muestran sus caras para hacer que otros seres humanos confíen en ellos —constató.

Su captor rió entre dientes y comenzó a cortar las patatas ya sazonadas. Selene lo imitó. Tomó el cuchillo y lo hundió en las verduras. Luego cortó la carne en pequeños trozos, apreciando esa calma que habían recuperado. Ambos se concentraron en el cordero y dejaron de hablar hasta que los platos estuvieron vacíos.

Alex le pasó una botella de agua. Ella la abrió y bebió un sorbo, luego se la devolvió y él la imitó. Tal vez había exagerado al reaccionar como lo había hecho cuando le había dicho que era parte del grupo de animales que se habían divertido sopesándola para venderla. Después de todo, su vida había resultado ser una aventura incomprensible hasta ese momento. Las cosas para Selene no querían mejorar, pero él estaba trabajando duro para asegurarse de que no empeoraran.

—¿Piensas que todo esto tendrá un final? —le preguntó mientras se abalanzaban sobre el pastel.

Ese tiramisú se veía realmente estupendo.

—Sí, lo tendrá. No tengo intenciones de permitir que ese maldito bastardo llegue a ti. El muy hijo de puta debe morir y seré yo quien lo mate antes de que ponga las manos nuevamente sobre ti. No estás a la venta.

Selene hizo a un lado el postre, colocándolo en la parte baja del carrito y gateó hacia Alex. Esa sería la reacción de su Mr. Hielo, seguro de sí y decidido a dar en el blanco.

—Eres dulce al hacer esto por mí —susurró, frotando los dedos sobre la tela de los jeans del hombre.

Sus ojos rehuyeron su mirada. La certeza de que era Román vaciló. Nunca habría bajado la mirada frente a ella, es más, la habría clavado a la cama recordándole cuánto la deseaba.

—Esto tiene poco que ver con la dulzura —le reveló en voz baja.

Selene recostó la cabeza sobre la rodilla doblada del hombre que estaba terminando su porción de postre. Lo observaba, buscando reconocer en él rasgos familiares. Confiaba en Alex, era inútil dudar.

El dedo de Selene trazó el contorno de la boca masculina. Fue un gesto involuntario, cargado de expectativa: era él quien ahora tenía que confiar en ella.

Levantó los hombros para poder besarlo pero su captor la sorprendió. Rechazó su beso y se apartó de la cama para colocar el plato nuevamente en el carrito. Selene tuvo que alejarse para permitirle el movimiento. La había rechazado intencionalmente.

—¿Qué sucede? —preguntó.

—¿Ya te has olvidado de tu amor ruso? —respondió—. Pareces muy involucrada conmigo.

—Eres injusto —señaló ella.

—¿Injusto? —Y celoso, posesivo como lo recordaba. Su cuerpo reaccionó con excitación a su ira. Entonces

Selene decidió ponerlo a prueba. Tal vez se descubriría y finalmente le confesaría la verdad.

—Sí. Él me abandonó a mí misma, me traicionó. Ya no me quiere.

—¿Qué coño dices? —espetó Alex.

—Fuiste tú mismo quien me lo hizo notar —le recordó. Y ahora retrocedía porque la veía demasiado involucrada con el personaje que había creado para ella.

Sintió deseos de reír. A Román el juego se le estaba escapando de las manos. Su captor permaneció encerrado en un rígido silencio. Bien, no había nada más que pudiera hacer para no revelarle su verdadera identidad. Selene estaba tentada de jugar con él y hacerle pagar el miedo y la aprensión que le había hecho pasar en esos días. Se había sentido llena de remordimiento por haberlo traicionado. Sin embargo nunca lo había hecho, la atracción por él era lógica y normal. Irresistible.

Lo miró fijamente, adorándolo, e intentó asumir un aire completamente inocente para que no sospechara la verdad.

—Tal vez te esté buscando —aventuró.

Pésimo intento de convencerla. Nunca antes lo había visto tan inseguro y ciertamente no bastaría una simple frase para hacerla dudar.

—Me traicionó. ¿Qué es lo que no te queda claro de ese concepto? Se tiraba a su novia y se aprovechaba también de mí. Por eso le dije adiós.

—¿Estás segura? —susurró, agitado.

Pero la había seguido a Italia y la estaba protegiendo a costa de su vida. El hombro magullado era prueba de ello. Selene lo había perdonado en el mismo momento en que había sospechado que era él. Sus rizos… se había cortado el cabello… adoraba los rizos rebeldes que caían sobre la frente y las orejas de Román. ¿Por qué había hecho algo tan estúpido?

Se quitó la camiseta amarilla que la cubría y lo sedujo. Se quitó el sostén y le mostró sus pechos desnudos. El juego se estaba volviendo realmente excitante.

—Quiero hacerlo contigo, Alex, hazme olvidar el pasado.

Tenía que intentar no reir, de lo contrario él sospecharía. Los ojos azules permanecieron abiertos y fijos en sus senos.

—¿No quieres? —susurró tentadoramente. Tomó uno de sus pechos y jugueteó con el pezón ya erecto.

—Quiero gritar tu nombre —insistió, hechizándolo con su tono lánguido. La mirada de él estaba perdida y desprovista de su habitual luz maliciosa.

El único nombre que vibraba en sus labios mientras hacían el amor había sido el de Román. Nunca había habido ningún otro para ella y su cuerpo lo sabía, también su inconsciente.

—Mi... —repitió él —nombre...

—¿No quieres? Dijiste que podía pensar en él cuando lo hacíamos pero ahora quiero que solo tú estés en mis pensamientos y dentro de mí.

El golpe de gracia. Alex retrocedió y murmuró una débil excusa:

—Voy al baño.

Escapó y Selene lo observó mientras cerraba la puerta a sus espaldas. Se tendió sobre la cama con una sonrisa boba en los labios. No era difícil poner en aprietos a Román y sentía un sutil placer interior al hacerlo.

Su comportamiento había sido perfecto. Había mantenido bajo control el deseo de dominarla, incluso permitiéndole que creyese que tenía poder sobre él. Habían jugado a provocarse como nunca antes había sucedido en Rusia. Mr. Hielo supo hacer que se sintiera a gusto y también consiguió hacerle creer nuevamente que estaba a salvo a su lado. El iceberg se estaba derritiendo por completo con ella.

No pensaba que pudiese ser capaz de una complicidad sin una dependencia enferma. Había aspectos del hombre que Selene no había conocido y que ahora había aprendido a ver. La atraía también esa parte de él, menos imperiosa y más juguetona.

Pero ¿y Tatia? ¿Sabía que había ido tras ella a Italia para protegerla? Había marcado un punto importante contra la novia oficial de Mr. Hielo. Román la había preferido por sobre su prometida y los hechos lo demostraban.

Con o sin sexo, él sentía algo por ella, por eso la protegía y se preocupaba porque no corriera peligros. No había otros motivos lógicos para explicar qué lo había llevado a Italia.

Había dejado todo: sus actividades, el tráfico, la familia. Por ella. Por Selene.

Un móvil sonó en la habitación. La puerta del baño se abrió para dejar ver a un Alex sin camisa. El hematoma no mermaba en absoluto la belleza del escultural cuerpo. Selene apenas podía comprender cómo no lo había reconocido antes.

Él fue hacia el bolso y lo cogió. Lo arrojó sobre la cama y hurgó en su interior, sin mirarla. Tomó el aparato y se lo llevó al oído justo a tiempo, antes de que dejase de sonar.

Regresó al baño para hablar, por lo que Selene no consiguió oír lo que decía. Curiosa por saber qué idioma estaba usando en esa conversación, se acercó a la puerta y apoyó la mejilla contra la pálida madera.

No podía captar ni una sola frase, ni siquiera una, por lo que intentó pegarse aún más para poder comprender aunque fuera una palabra. Alex era inteligente, hablaba en voz baja para evitar que ella pudiera oírlo desde la habitación.

Fue en esa posición que la descubrió. Su captor abrió la puerta de golpe y la encontró frente a él mientras escuchaba a escondidas. Parpadeó con incredulidad y dio por finalizada la llamada sin demoras. Selene no podía distinguir su frente, pero estaba segura de que estaba frunciendo el ceño.

—¿Me estabas espiando? —le preguntó.

—No, no —mintió.

Mr. Hielo negó con la cabeza, exasperado. Selene no estaba habituada a verlo con ropa casual, eso también la había hecho caer en el engaño. Por lo general, él siempre vestía trajes elegantes. Ahora, en cambio, sin camisa y con los jeans oscuros ajustados en la cintura, lucía como un demonio. Se humedeció los labios para disminuir su resequedad; tenía un loco deseo del verdadero Román, no del hombre que se controlaba para no traicionarse.

—Estaba preocupada por el hematoma —fingió.

—No estoy muriendo. Es solo una contusión —la tranquilizó, pero se había puesto a la defensiva. No podía evitar que se enamorara de él. Selene ya lo estaba, locamente enamorada.

—Lo hiciste por mí, nadie nunca ha puesto en riesgo su vida por mí —exageró. El melodrama se le daba bien.

—¿Podrías cubrirte los pechos? No puedo pensar bien si me los agitas en la cara. —Cambió de tema. Selene se cubrió con los brazos, lo suficiente para no mostrarle los pezones, pero lo bastante para empujarlo a que deseara verlos y lamerlos.

—Pensaba que te gustaban. —Ah, lo estaba provocando de nuevo. Era más fuerte que ella.

—Cualquier hombre pondría en peligro su vida por un polvo. No me hagas ver como un héroe.

Román también sabía ser cruel cuando quería, pero Selene conocía ese lado de él. Inclinó la cabeza de lado y lo observó, deteniéndose en la línea de vello que corría por su estómago y desaparecía bajo los jeans.

—¿Quieres decir que lo haces solo para follarme? Podías simplemente pedírmelo —afirmó.

—¿A dónde quieres llegar, Selene? —la interrumpió.

Pasó junto a ella para colocar nuevamente el móvil en el bolso. Mr. Hielo era un hueso duro de roer cuando se empeñaba en no darle espacio para entrar en él y captar los pensamientos que lo agobiaban. Se convertía en un muro impenetrable.

¡Dios, qué tonta! Pero cómo había hecho para no reconocer la línea de su espalda, los músculos que la tensaban, la curva que terminaba por delinear ese hermoso y firme trasero… lo había tenido sobre ella y no se había dado cuenta.

Él hurgó en el bolsillo grande y luego cerró la cremallera. Alzó el bolso y lo colocó nuevamente en el suelo, a los pies de la cama.

—No me dirás que no, ¿cierto? —susurró ella, acercándose para convencerlo de que hicieran el amor. Acarició su pecho y finalmente detuvo la palma en su vientre plano.

Sentía que hacía años que no lo hacía.

Antes no era consciente de que era Mr. Hielo y lo soñaba pegado a ella, pero ahora… ahora podía disfrutar libremente de Román con algunas variaciones respecto al original.

Alex parecía estar librando una batalla consigo mismo. Envolvió su mano con la suya y apretó fuerte sus dedos. Selene sintió que su corazón daba un vuelco. Estaban juntos, realmente no habían podido separarse.

La atrajo hacia él e inclinó la cabeza para alcanzar su rostro. Los labios del hombre se cerraron sobre los suyos y Selene probó su sabor mezclado con el del tiramisú. Delicioso.

Había echado tanto de menos a su "amo" ruso. Se apretó contra él, con cuidado de no presionar sobre su hombro, y con sus brazos rodeó el cuello cubierto, profundizando el contacto. Quería que le confesara que era Román, ya no podía pensar en otra cosa.

—Me he enamorado de ti —susurró sobre la boca de Alex— A estas alturas ya lo sabes.

—No soy quien tú piensas —respondió.

Selene sentía el acelerado latido del corazón de Mr.Hielo. Por el contrario, lo sabía perfectamente y por eso le había confesado que estaba enamorada.

—Selene, no sé qué piensas de mí, pero te aseguro que…

Ya había hablado demasiado. Lo besó una vez más y la emoción de tenerlo entre sus brazos hizo que se conmoviera. Ese estúpido. Sus senos se aplastaron contra el cálido pecho de su amante.

Le parecía un contacto nuevo, incluso si la había poseído más de una vez con el pasamontañas. Chupó su lengua con su boca, consciente más que nunca de ese sabor conocido.

—Podría morir de ti —confesó lacónicamente cuando se detuvieron para recuperar el aliento.

Lo había escrito con labial en el espejo pero estaba lista para escribirlo con sangre si era necesario.

La palma de Mr. Hielo subió para acariciar su mejilla. Se perdieron uno en los ojos del otro. Él separó sus labios pero no dijo nada. Selene se echó a llorar.

CAPÍTULO 13

Lo atrapó por la cintura de sus jeans y tiró, atrayéndolo hacia sí. Él se aproximó aún más y con los dedos intentó enjuagar las lágrimas que bañaban su rostro. El deseo de Román se convirtió en un fuego ardiente de pasión insatisfecha que se asemejaba vagamente a un dolor interior sin principio ni fin.

—Lo siento —murmuró él.

—Dios, te odio. —Lo amaba, pero en ese momento también lo detestaba por haberle mentido—. Te odio, te odio —coreó para recuperarse del impacto de haber conseguido desenmascararlo.

La había asustado, atraído, enamorado y todo en el curso de pocos días sin decirle la verdad pero gracias al cielo había sido capaz de adivinarlo. Presa del frenesí, cogió los extremos del pasamontañas y lo levantó.

—Deja que te vea —dijo.

Él no reaccionó. Dejó caer los brazos e inclinó la cabeza. Selene sintió que su corazón se aceleraba. Quitó el pasamontañas y una cabeza casi rapada se descubrió ante sus ojos.

Enderezó los hombros. Selene se quedó embelesada mirándolo, como si nunca lo hubiese visto, como si fuese un extraño.

La máscara se deslizó por sus dedos mientras contemplaba el rostro del hombre a quien amaba. Fue presa de una miríada de emociones contrastantes: el alivio de no haber sido olvidada por Mr. Hielo y la rabia por las mentiras que le había dicho con tal de que no supiera la verdad.

—Román. —El nombre que resonaba en su alma se volvió una súplica.

—Hola, pequeña luna —susurró él.

Selene contuvo el impulso de abofetearlo, así como también el de aferrarse a él, bajarle los jeans y obligarlo a hacer el amor con ella. Inmediatamente.

Mas bien debía detener su corazón antes de que levantara vuelo y ya no pudiese recuperar su latido normal. Recordaba lo maravilloso que era y, en ese instante, no pudo evitar pensar que no existía hombre más loco que ese ruso. Su ruso.

—Eres un maldito —susurró mientras su mirada se hundía en la del hombre. Acababa de susurrarlo pero había sido lo suficientemente claro para ambos. Mr. Hielo le dirigió una sonrisita traviesa.

Quería arrancarle las lentillas de contacto de colores para hacer que los ojos de Román regresaran a su tono habitual. ¿Cuántas veces había imaginado esos iris verdes y no azules? No sabía qué hacer, el estupor la frenaba. Recordó cerrar la boca antes de olvidar cuál era su posición natural, es decir, cerrada, no completamente abierta por el shock.

—No me mires así —le susurró a un palmo de distancia de su nariz.

—Eres un maldito bastardo —reiteró, agregando un adjetivo más colorido.

—Pequeña luna... —comenzó, pero Selene fue asaltada por un repentino estallido de cólera.

Por eso lo besó. Se pegó a él en un impulso lleno de pasión y obligó a la boca de Mr. Hielo a besarla. Él no se hizo rogar y ahogó las palabras que estaba por decir en sus labios. Fue un beso violento, doloroso y sin dulzura.

Pasó sus dedos por la cabeza sin rizos y sollozó desesperada, mientras la lengua de Román se entrelazaba con la suya. Si había pensado seducirla y de ese modo confundirla para que no descubriese la verdad, había hecho mal los cálculos. Ahora ella sabía y tenía toda la intención de hacerle pasar las penas del infierno por lo que le había hecho.

Sintió deseos de morderlo todo y no dejar ni una parte del cuerpo de Román sin el toque de sus dientes y su lengua: lo deseaba.

Selene se alejó, intentando recuperar el control de sus sentimientos y las reacciones involuntarias de su cuerpo. Le dolían los pechos por el deseo de ser acariciada por él. Tenía que cubrirse. Su cabeza había comenzado a girar como un trompo. Sintió que se tambaleaba.

—Tiéndete sobre la cama —dijo Román.

—¡No me des órdenes! —replicó Selene, a punto de derrumbarse sobre el suelo.

Sus rodillas ya no respondían a las directivas de su cerebro. Éste último no hacía más que enviarle impulsos discordantes, entre ellos el de saltar a sus brazos y aprovechar la semi desnudez de Román.

—Hazlo, ahora. Sin peros —siseó.

Acababa de regresar a ser él mismo y nuevamente comenzaba a dictar las reglas de su relación. Selene se mordió el labio: era excitante oír la voz de Román dándole órdenes.

—Prefiero a Alex —le reveló—. Al menos él intentaba ser amable conmigo.

Mr. Hielo rodeó su muñeca en proceso de curarse y con la otra mano la empujó con decisión hacia la cama.

A Selene no le quedó más remedio que hacer lo que le decía.

Subió sobre el edredón y se tendió. En efecto, descubrió que se sentía mucho mejor con la cabeza sobre la almohada y el cuerpo sostenido por un firme apoyo.

—Prefieres a Alex, ¿eh? —la provocó—. Pero mientras teníais sexo era mi nombre el que gritabas.

—Bastardo —lo insultó.

—Dijiste que me amabas —le recordó.

Mucho más que eso. Lo adoraba, sentía por ese hombre una veneración casi total. Y no se avergonzaba, en absoluto.

Hundió las mejillas en la suave almohada y se negó a continuar mirándolo. Se divertía burlándose de ella, no podía soportarlo, no después de un engaño como ese. ¡Hacía tanto daño ese amor! No podía limitarlo o ponerle frenos, y estaba feliz de que aún estuviese vivo y le reconfortara el alma, pero en su interior ardía de rabia por haber sido engañada.

Las manos de Román alcanzaron su espalda y comenzaron a masajear sus hombros. Selene se tensó bajo las palmas de Mr. Hielo pero él consiguió relajar sus rígidos músculos. Comprendió que necesitaba las atenciones de Román porque había creído que las había perdido; las quería todas para sí, para siempre.

—Tenías que confiar en mí —susurró en su cabello. Besó su nuca y bajó por su cuello, dejando un rastro de besos sobre su espalda desnuda.

—No comprendo —admitió ella.

Y era difícil comprender el significado de las palabras de Román cuando sus labios continuaban besando la piel de su espalda. Cada nueva estela de besos la hacía desear girarse y besarlo, para reavivar la pasión entre ellos y perderse en las agradables sensaciones que hacían que un hormigueo corriera por sus piernas y brazos.

—No me tiré a Tatia —agregó—. Te lo juro. Ese día, en la sala, nada sucedió entre nosotros.

Selene se tendió de espaldas, no era capaz de pensar si sus manos la acariciaban. Se miraron. Mientras devolvía audazmente su mirada escéptica, las manos del hombre subieron al rostro de una devastadora belleza, incluso si hacía días que no se rasuraba. Con un movimiento seguro, los dedos pellizcaron primero un ojo, luego el otro y Román volvió a tener los espléndidos iris verdes que la habían conquistado. Mr. Hielo había regresado.

—Te vi —le echó en cara—. Ella estaba inclinada sobre ti y estaba a punto de tomarte en su boca.

—Mierda, pequeña luna, ¡lo intenté! —la interrumpió—. Quería que me la mamara para probarme a mí mismo que aún podía escapar de ti.

Selene respiraba con dificultad. Lo había echado tanto de menos, pero nunca se había alejado de ella. Quería creerle con toda su alma. La prueba de lo que le estaba diciendo era el hematoma en su hombro, con el que había arriesgado su vida para salvarla.

—Si te hubiese dicho que la mafia italiana te estaba buscando, no me habrías creído. Ya habías perdido la confianza en mí —le explicó—. Tenía que fingir que te dejaba ir.

Así que había creado esa puesta en escena para ella: lentes de contacto de colores, cabeza rapada y ese asqueroso pasamontañas que la aterrorizaba. Incluso la había atado al respaldar de una cama y la había amenazado con un arma de fuego.

—¡Tú estás loco, estás loco! —gritó.

Comenzó a darle puñetazos en el pecho. Se había avergonzado de sí misma y del deseo que sentía por Alex, había disfrutado de él y del sexo entre ellos, más que nada odiaba haber parecido una puta ante los ojos de Román.

Sujetó sus brazos, deteniendo sus intentos de rebelarse. Se subió sobre ella y Selene dejó de dar batalla: era mucho más fuerte.

—¡Mierda, intenta entender! Te pedí que me perdonaras. ¿Ya has dejado de amarme, Selene?

—No puedes echarme en cara el amor que siento por ti —lo acusó. Intentó liberarse pero luego renunció y permaneció quieta bajo el férreo agarre. Los jeans de Mr. Hielo presionaban contra su vientre.

Él se inclinó sobre su cuerpo para evitar que se moviera y sus respiraciones se mezclaron cuando sus bocas se unieron nuevamente.

Selene no habría rechazado definitivamente a Román. Nunca, ni aunque realmente la hubiese traicionado. Había pensado en él y en Tatia juntos hasta que se sintió exhausta, envidiosa de la relación que parecía haber entre ellos, pero Mr. Hielo juraba no haber tocado a la rusa y ella estaba tentada de olvidar el pasado. La había seguido a Italia, incluso había fingido secuestrarla, y todo eso para protegerla. No le estaba mintiendo. Ninguna novia oficial había conseguido disuadirlo del propósito de estar a su lado, aunque lo había intentado.

—Sufrí —continuó diciéndole—. No quería desearte. El objetivo era aterrorizarte pero no pude resistir y continuaba queriéndote.

También para ella había sido imposible resistir a la atracción que había sentido por él. Selene arqueó la espalda para rozar su pecho desnudo con sus senos; el gemido bajo que le arrancó le transmitió un escalofrío de excitación. Román tembló pero no cedió.

—Descubrí aspectos de ti que no conocía —susurró Mr. Hielo sobre su boca—. Y estaba celoso de mí mismo porque tú se los mostrabas a otro, a alguien que no era yo.

Selene quería hacerlo callar. Se lo juraría sin cesar: en sus pensamientos siempre había estado él. Con esas palabras estaba acuchillando su alma. La obsesión por Román la había llevado a comparar a los dos hombres en todo momento: comparaba sus movimientos, su tono de voz, su modo de hablar, todo, y creía que se estaba volviendo loca porque veía a Mr. Hielo en Alex. Su cuerpo nunca había dudado que era él, incluso cuando el remordimiento la había devorado.

—Basta, por favor —pudo articular.

—Me estaba destruyendo. Mientras te cazaban bajé la guardia como un novato y solo porque mi polla no podía controlarse y mantenerse en mis pantalones —estalló, con sinceridad.

Selene se sonrojó. Alex se había contenido pero Mr. Hielo ya no debería hacerlo. Los ojos verdes que la penetraban con su sinceridad, terminaron por someterla: la sensación era familiar y bienvenida. Selene cerró los ojos sin dejar de admirarlo.

—Casi hago que te maten y todo porque quería follar contigo —se inculpó.

El tormento que leía en su mirada era real, no una farsa para convencerla de que le concediera su perdón. El agarre sobre ella se aflojó y Selene aprovechó para acariciarlo. Primero los hombros, poniendo cuidado en no presionar demasiado, luego los pectorales y el estómago. Román no se apartó y por eso ella bajó a hacer cosquillas en su vientre cubierto por una ligera capa de vello oscuro. No era precisamente una declaración de amor la que le había hecho, pero se acercaba peligrosamente.

—Te amo —pronunció.

No tenía otras palabras mejores que esas para decir. Tomó su rostro entre sus manos, lo miró fijamente a los ojos. Era suya.

—Te amo —repitió.

Román se tendió sobre ella. Selene ignoró el peso, demasiado gravoso para sostenerlo, depositó un beso en su oreja y subió a besar su cabeza rapada. El cabello volvería a crecer, no tenía importancia, estaban juntos, eso era lo que contaba, y él no la había reemplazado con otra, se había quedado cerca de ella, incluso a pesar de haberle mentido para estar a su lado y defenderla de un enemigo desconocido.

—Quería escucharte decir eso en el aeropuerto —le confesó—. Pero te asusté.

—Estaba decepcionada. No podía creer que no significaba nada para ti. Dolía. Tengo miedo de lo que siento por ti. Román... es total, y tú eres indestructible.

Todo giraba en torno a él. Nada importaba tanto como Mr. Hielo, ni siquiera ella misma. En una cama que no era la suya, en un remoto hotel rural perdido en Italia, se sentía en casa y feliz. Él dominaba su alma.

—Tú me destruiste, pequeña luna. En estos días hiciste que comprendiera que soy un imbécil —presionó su dedo índice en medio de sus labios para impedir que continuara hablando—. Debería habértelo dicho —murmuró.

Selene lamió los dedos de Román y sintió el sabor salado de su piel en su lengua. Sus ojos se encendieron de deseo. La respiración de Mr. Hielo se había acelerado y lo mismo había sucedido con la suya. El amor tenía efectos devastadores sobre las personas pensó, podía hacerle hacer a los hombres las cosas más absurdas e ilógicas con tal de poseer a la persona amada. Se besaron de nuevo, esta vez con dulzura, intentando comunicarse lo que había dentro de ellos y no podía ser explicado con simples palabras.

—Román Aleksandrovic Nevskij —susurró—. Alex. Alessandro.

Lo obvio lindaba con lo ridículo. Mr. Hielo siempre encontraba el modo de hacerla sentir una estúpida chiquilla enamorada e ingenua, cuando había sido él quien le había enseñado a ser una verdadera mujer.

—Ámame, Selene —prosiguió—. *Bez tvayey lyubvI mne schast'ya net.*Significa que no puedo ser feliz sin tu amor.

Esa frase... Selene se dio cuenta que la musicalidad no le era nueva. Tenía que habérsela oído pronunciar antes pero no recordaba cuándo. El ruso se volvía un idioma sensual y mágico en boca de Mr. Hielo. Selene finalmente comprendió lo que había querido decirle y su corazón explotó de alegría: él deseaba que lo amara.

—Nunca dejaré de amarte —le aseguró— Incluso si me echas y me envías lejos de ti. Te pertenezco, Román, no solo porque me compraste. Y soy también un poco de Alex —agregó, sacándole la lengua para subrayar el concepto.

—Pensabas en mí cuando follabas con él —murmuró, ofendido—. No lo olvides.

—Te veía a ti en él, de lo contrario nunca lo habría deseado —respondí—. El olor era el mismo y también el sabor…

—El sabor —la provocó su Mr. Hielo—. No debería haber cedido. Era peligroso hacerlo.

Rozó su hombro herido, recordando la preocupación que había sentido por él cuando lo había visto entrar por esa puerta con el rostro ceniciento, mientras se sujetaba el hombro para poder soportar el dolor.

Lo estrechó con fuerza, abrazándose a él como si fuera su único salvavidas, y en efecto lo era: Román representaba el único motivo por el cual ella no tenía miedo de vivir y la existencia misma le parecía una aventura a disfrutar hasta el final. Por él, con él.

Lo había amado desde el primer instante. Imposible, sí, sabía que el amor a primera vista era un raro regalo pero la imagen de Mr. Hielo sentado en ese sillón, empeñado en observarla con frialdad de arriba abajo, nunca la abandonaría. Inmediatamente lo había deseado en secreto y había perdido la cabeza por él. Desde que su mirada se había encontrado con esos ojos, para ella no había ningún otro.

—No te reconocí, apenas puedo creerlo. —Selene se culpó de nuevo.

—Querías olvidarme —susurró él. Rodó a su lado, poniendo distancia entre ellos—. Estabas convencida de que te había traicionado con Tatia.

Sentirlo distante hizo que deseara cubrirse: tenía frío. Cruzó los brazos sobre su cuerpo para protegerse, pero el calor no volvió a consolarla.

En un instante la situación se había invertido: pensaba que había tenido derecho a dejar a Román y regresar a casa, en cambio ahora comprendía que se había comportado como una verdadera estúpida. Prefirió ignorar sus sentimientos en lugar de luchar para tenerlo y no pensó en qué era lo que realmente sentía él.

—Eras dulce con ella. —El recuerdo de ambos juntos aún le hacía daño—. Eso me hizo creer que te importaba mucho ella.

Tatia inclinada sobre él, que intentaba tocarlo justo como ella misma lo hacía cuando estaban solos y Román le pedía que lo tocara.

—¡Mierda! —estalló Mr. Hielo—. Crecí con ella. Tendría que haberla alejado, lo sé, pero nunca había dependido de ninguna mujer antes de ti y quería demostrarme a mí mismo que aún era libre, que ningún vínculo me ataba.

Otra cuasi declaración. La quería, eso debería haberle dado tranquilidad, en lugar de ello la hacía sentir una insólita sensación de inquietud: él no la había traicionado, ella lo había hecho. Alex era la prueba: había cedido a su captor sin saber que se trataba de Román. De ambos, era ella quien debía ser culpada.

—¡Ah! —Su exclamación la indujo a mirarlo.

Mr. Hielo se apuntaló en sus codos. Encajó la cabeza entre sus hombros y la miró con reproche. Selene se humedeció los labios repentinamente secos. Pero, ¿por qué ese hombre tenía que ser tan atractivo?

—No lo pienses, pequeña luna. Hacerte creer que era otra persona y ver que reaccionabas solo a mí, si me comportaba como siempre lo hago, fue excitante —le reveló—. Te follé contra la pared haciéndote creer que era yo.

Selene había estado a punto de volverse realmente loca antes de saber que Román la había engañado, fingiendo ser su captor.

Fue ella quien se le acercó de nuevo. Posó su cabeza en su hombro y apoyó una rodilla sobre él, rodeando sus muslos envueltos por los jeans. Los pechos aplastados contra el brazo de su hombre le comunicaban una nueva intimidad, a redescubrir.

—Eres un hombre sorprendente —murmuró—. Pero por favor, no vuelvas a hacer eso nunca más.

Román se echó a reír, mientras ella ocultaba el rostro de esa mirada astuta que la recorría por completo, reclamándola como una posesión.

—La verdad es que mataría a cualquier hombre que se acercara a ti. Me sorprende que aún no lo hayas comprendido —susurró, serio.

—Son amenazas vacías de parte de un engreído como tú, que nunca quiere perder —bromeó, pero la expresión de Román no mutó luego de su alegre broma. Eso la hizo enmudecer.

Continuaba observándola intensamente, sus ojos verdes fijos en ella y llenos de grave firmeza. La diversión desapareció del rostro de Selene cuando comprendió que Mr. Hielo lo decía en serio: eliminaría a cualquier hombre que se le acercara. No importaba quién. Tembló cuando el dedo de él rozó su labio superior y recorrió la línea de su boca con tierna resolución. Una vez más le demostraba quién de ellos era el más fuerte, pero a Selene no le disgustaba sentir esa fuerza masculina que la sometía y, al mismo tiempo, la protegía.

—Lo que es mío, nadie puede tocarlo y esperar que no sea yo mismo quien lo haga pudrirse en una tumba.

—Estoy a salvo contigo —dijo, convencida de no tener que temer nada si se quedaba con él.

—No, pequeña luna —la contradijo—. Mientras ese pedazo de mierda esté vivo, tú no estarás a salvo y yo no tendré paz.

¿A quién se refería?

CAPÍTULO 14

Esa noche se durmieron abrazados, desnudos. Selene creía que harían el amor antes de irse a la cama pero Román no la había tocado con esas intenciones, ni la había rozado para intentar procurarle un mínimo de alivio físico.

Lo había visto desprenderse de los jeans y los bóxers, luego ir a apagar la luz y regresar para meterse bajo las sábanas frescas.

A Selene no le había quedado más que hacer lo mismo. Quitarse los pantalones, las braguitas y relajarse junto a su ahora ardiente cuerpo. Los sentimientos habían provocado un cortocircuito en su alma. Sus emociones se codeaban para prevalecer una sobre la otra: pasaba de la euforia a la repentina tristeza a la incredulidad, reemplazada por el amor profundo por Mr. Hielo. Finalmente se derrumbó exhausta porque ya no podía continuar asimilando los hechos.

Durante la noche despertó varias veces. Abría los ojos, aterrorizada, y extendía la mano para buscarlo. Temía que se hubiese tratado de un sueño y que Alex reapareciera frente a sus ojos con el pasamontañas.

Sintió el costado de Román bajo sus dedos y un suspiro de alivio sacudió su pecho. Estaba. Era él. Recorrió la piel del hombre hasta llegar a su hombro derecho. Subió al cuello y su mano tembló cuando tocó su rostro.

Su palma se presionó contra la mejilla de Mr. Hielo y buscó sus labios. Lo sintió respirar en su piel.

—Román —lo llamó.

Quería pronunciar su nombre antes de que desapareciera una vez más y la dejase de nuevo sola.

—¿Duermes? —La angustia atenazaba su garganta.

Su respiración regular la tranquilizaba pero la ansiedad hacía que le doliera el estómago. ¿Por qué? Estaba tendido junto a ella, su cuerpo cálido y vivo.

Se pegó a él, estrechándolo y abrazándolo con fuerza para absorber su presencia y calmarse.

—Román. —Sin saberlo había corrido peligro de perderlo, había estado a un paso de perder al único hombre al que alguna vez había amado. La había protegido. Aún lo estaba haciendo. Parecía simple a sus ojos pero Selene estaba segura que no lo era y que no podía comprender completamente lo que estaba sacrificando para tenerla consigo. Ocultó su rostro en el hueco de su cuello y frotó la nariz contra la lisa piel de su cuello.

Sus manos se detuvieron en su fuerte pecho y notó que quería sentirlo en su interior. Necesitaba ese cuerpo para volver a sentirse realmente viva.

—¿Qué sucede, pequeña luna? —susurró oliendo su cabello—. ¿No puedes dormir?

—¿Cómo puedes hacerlo tú? Estás aquí, conmigo, y no me parece real. Estás tan calmo. ¡Román, oh Dios, estás tan calmo! —repitió tomada por la desesperación. El latido de su corazón retumbaba contra el pecho de Mr. Hielo. No había sido un sueño, Alex y Román eran la misma persona.

Él se giró y la envolvió en sus brazos. La invadió una profunda calma que barrió con la agitación que la había tomado pocos segundos antes.

El cuerpo de Mr. Hielo le transmitió una insólita

fuerza y una determinación que terminó por apartar sus pesadillas. Deslizó una rodilla entre sus muslos y la presionó contra el colchón.

—Abrázame, soy yo. Siempre he sido yo —murmuró frotando su boca contra su mejilla: su descuidada barba arañó su piel.

Selene movió su brazo para liberarse del férreo agarre pero solo consiguió tocarle el rostro. Levantó la mano y rodeó sus mejillas. Sentía la barba crecida haciendo cosquillas en sus muñecas.

—¿No me quieres? —le preguntó.

El interrogante flotó en el aire. Sentía a Mr. Hielo distante; Alex había estado más involucrado con ella incluso cuando lo había hecho enfadar. No era así como había imaginado el reencuentro. Los dedos de él presionaron su muslo y la atrajeron más contra sí. Selene esperó que respondiese a su demanda de sexo. Lo deseaba y estaba ansiosa por tenerlo, no podía comprender que no estuviese dándole órdenes para poseerla.

—Pero me has tenido en estos últimos días —le hizo notar.

—No es lo mismo —espetó, sorprendida por la respuesta distante pero tierna.

Era un rechazo y le dolía. Román la estaba haciendo a un lado pero la trataba con inusual dulzura. La empalagaba toda esa delicadeza de parte de Mr. Hielo, él, usualmente tan impetuoso y falto de ternura cuando la tomaba abrumado por la pasión.

—¿Ya no te gusto? —Una pregunta vergonzosa pero se había hecho voz antes de que hubiese podido detenerla.

Habría apostado a que ni siquiera estaba excitado. Se acercó, intentando pegar su pelvis para asegurarse de que no estuviese en plena erección. Por lo general era Román quien se frotaba contra ella para demostrarle que no quería esperar más para hacer el amor. Mr. Hielo se apartó cuando comprendió lo que quería de él y se tendió de espaldas.

Selene no se rindió y rodó sobre el cuerpo del hombre. Lo sujetó debajo suyo, anclando las rodillas en sus caderas. Se le entrecortó el aliento cuando sintió su excitación.

—Entonces me deseas —susurró.

Sus manos se cerraron en torno a sus brazos. Esta vez el agarre amenazó con realmente hacerle daño, pero al menos era una verdadera reacción a sus estímulos. Selene lo provocó moviéndose sobre la erección y un gemido bajo hizo que comprendiera que no le era indiferente. ¡Ese hombre tarde o temprano la llevaría a la locura con su incomprensible comportamiento!

—Dijiste que había sido dulce con Tatia —balbuceó él—. Pensaba que querías ser tratada con la misma dulzura que le reservo a ella.

—¡No! —negó ella—. Esto es indiferencia. ¡Para ya!

—Esto es exactamente lo que le di, pequeña luna, lo que tú nunca tuviste de mí. Nunca —siseó rabioso.

Se inclinó sobre él para besarlo con violencia. La boca de Román se cerró cuando ella la buscó y la lengua de Mr. Hielo trazó los contornos de sus labios, para luego empeñarse en chuparlos y mordisquearlos.

—No quiero esto de ti. Román, te amo —susurró, mientras los dedos de él se movían para acariciar su pecho.

—¿Y qué quieres de mí, entonces? —la desafió a responderle.

—A ti, todo de ti. Todo —le suplicó.

Román levantó una rodilla, apartando las sábanas que lo envolvían. Ella ya estaba destapada y temblaba sobre él, esperando por tenerlo.

La excitación de Mr. Hielo presionaba contra su vientre. Selene se movió hacia abajo y él tomó sus pechos. El gruñido de decepción que salió de su ruso le arrancó una sonrisita divertida. Por fortuna no podía verla, porque tenía un plan para hacerle pagar por ese absurdo modo de tratarla.

El centro de su pecho acogió la erección del hombre. Selene quería demostrarle que ella también podía sorprenderlo con un juego erótico. Apretó sus senos alrededor de su duro pene y los frotó hacia abajo y hacia arriba para estimularlo.

—¡Oh mierda! —gritó él.

Se movió más abajo aún e hizo rodar la lengua sobre el excitado glande, que olía a él. Lo chupó, sosteniéndolo entre sus labios, luego volvió a apretar la erección entre sus senos, masturbándolo para hacer que se corriera sobre ella.

Sus gemidos ahogados le daban una sensación increíble de euforia. De nuevo bajó sobre sus rodillas y se inclinó para tomarlo en su boca. No se limitó al prepucio, se hundió hasta rodearlo por completo.

Volvió a chuparlo. Oyó a Román maldecir.

Lo dejó de nuevo y continuó masturbándolo con sus pechos. Mr. Hielo se movía, pero no se rebelaba a sus atenciones especiales. Selene estaba segura que le procuraba placer.

Justo cuando pensaba que lo tenía en su puño, la apartó.

Se encontró con las piernas en el aire, jadeando a causa de la excitación, mientras su hombre la sujetaba y separaba sus muslos.

Estaba ebria de él como no le sucedía desde que había regresado de Rusia. Sus respiraciones se confundieron, así como sus olores. Selene respiró hondo esa fragancia a sexo y esperó sentirlo presionar para entrar en ella.

Pero Mr. Hielo no quería acabar de prisa.

—No conocía ese lado de ti —le dijo en voz baja al oído—. Eras púdica y virginal.

—Eres tú quien me ha hecho así como soy ahora —le recordó. Él y su insaciable deseo de ella.

—Me gusta, me hace perder la cabeza —le confesó y Selene se sintió una mujer única. Hacer perder la cabeza a un hombre como Román la llenaba de satisfacción y orgullo femenino.

Sus bocas se encontraron ferozmente para retomar su guerra.

Los dedos de Mr. Hielo se abrieron paso entre sus piernas y acariciaron su clítoris. Estaba mojada. Lo estimuló y latió, pero no se detuvo en esa simple caricia: le devolvería el placer que ella le había dado, hasta a la última gota.

—Date la vuelta —intimó.

Selene no opuso resistencia. Se giró boca abajo y abrazó la almohada. Pero Mr. Hielo tiró de ella y tuvo que renunciar al suave sostén. La hizo abrir las piernas y levantar las pantorrillas hacia lo alto.

Sus dedos fueron reemplazados por la lengua. Selene arqueó la espalda mientras Román lamía y se movió lánguidamente sobre la cama para resistir el asalto de placer que la atravesó por completo.

Cerró los ojos para sentirlo mejor. Mr. Hielo la acosó con su lengua y sus dedos. La lamía provocándole estremecimientos de placer y con el índice y el dedo medio la penetró.

Selene se sentía llena y esa sensación amenazó con hacerla correrse de inmediato. Resistió y se sobresaltó cuando él deslizó otro dedo donde nunca antes había osado hacerlo, pero Selene sabía que lo deseaba desde el comienzo.

Ahora no había más espacio para la resistencia. Él se movía, la tocaba, la estimulaba por todas partes, hasta que finalmente Selene se corrió y gritó de placer, sacudida por pequeñas convulsiones que nublaron sus sentidos y se concentraron entre sus muslos, pero también en su cabeza que explotó en mil fragmentos.

Sin embargo, no había acabado. La atrajo más hacia si y Selene intentó relajarse. La erección de Román entró y se movió hacia adelante y hacia atrás con ímpetu.

Ella apretó las sábanas entre sus dedos. Tan impetuoso, tan arrogante en sus elecciones, no le daría tregua hasta que se corriera por segunda vez. Ese era el hombre a quien amaba. Se hundió en su interior con una vehemencia segura y nada delicada.

Ese era Román. No le daba tregua y ella debía esforzarse por seguir sus ritmos. Selene sentía deseos de gritar y gritar su placer, pero estaba retenida por los movimientos que la sacudían.

Era particularmente violento, incluso si no llegaba a hacerle daño. El cabello se deslizaba por su espalda y los mechones rebeldes cayeron frente a sus ojos. Los ignoró, concentrada en percibir cada mínima sensación.

La mano de Mr. Hielo apretó una nalga, luego la otra, la acarició entre sus muslos mientras la penetraba, excitando nuevamente su clítoris.

Adentro y afuera, adentro y afuera, Selene sintió que una nueva oleada de placer se formaba y crecía en su interior pero permaneció inmóvil sobre su estómago, esperando estallar, presionando en su mente y en el resto de su cuerpo para salir y hacerla abandonarse al orgasmo.

—Ya estás allí, pequeña luna. Córrete para mí —la incitó, pero Selene quería más.

Román mantenía un control total sobre su cuerpo tenso y sobre ambos, en cambio ella deseaba sentirlo ceder a la pasión, por eso intentó resistirse al placer y rebelarse a él. Mr. Hielo, sin embargo, no aceptó la lucha.

Lo escuchó reír, ronco, y darle una nalgada con el dorso de la mano. Selene se levantó de un salto -fue una reacción impulsiva- permaneciendo de todos modos en esa posición: doblada sobre sus brazos y sus rodillas. Él tuvo que salir para permitirle moverse.

Los gemidos llenaban sus oídos pero era su propia respiración agitada, no la de él.

—Ah, pequeña, no funciona así —la reprendió. Tenía razón, así no funcionaba.

—Te quiero a ti, Román —espetó, recuperando el aliento con dificultad.

—Me tienes, amor —respondió él.

La tomó de nuevo por las caderas, sin esperar a que le explicara qué había querido decirle. Y una vez más estuvo dentro de su cuerpo, más caliente que antes.

Selene se tensó, esperando no abandonarse a él sin antes hacerlo sufrir pero para Román no existían barreras, su cuerpo se negaba a expulsarlo y anhelaba ser uno con él.

Sintió una amarga derrota pero al mismo tiempo la excitó ese quererla a toda costa. Mr. Hielo la aferraba a su cuerpo con fuerza, esta vez, le impidió moverse y no salió de ella.

No le quedó más que aceptar esa invasión y confiar en su autocontrol, difícil de romper. Comenzó a excitarla desde el comienzo, usando los dedos, utilizando su erección para provocarle cálidos estremecimientos capaces de trastornar su alma. Román...

Se corrió, abrumada por un poderoso orgasmo. No pudo pronunciar el nombre de Mr. Hielo pero tampoco consiguió abrir la boca para desahogarse. Él la había atrapado y conquistado con movimientos mesurados y profundos, los indicados para hacer que se rindiera al placer. Lo había logrado, como siempre.

—Te has vuelto exigente. No lo había notado —murmuró, bajando sobre su espalda para besarle un hombro.

Selene movió las nalgas, frotándose contra la pelvis de Román para seducirlo y hacer que se dejara llevar por el orgasmo. Todavía no se había corrido y eso hacía que ella no se sintiera bien.

—Y tú sigues siendo tan imposible como siempre —lo acusó.

—Te he echado de menos, pequeña luna.

Se detuvo mientras las embestidas de Román se reanudaban, y se mordió el labio inferior, consciente de lo mucho que esas palabras la habían impactado.

También ella lo había echado muchísimo de menos, a pesar de que siempre había estado a su lado. Ese pasamontañas los había separado, incluso en la confianza, pero al mismo tiempo los había hecho reencontrarse. Selene lo había detestado creyéndolo un traidor; él estaba convencido que ella lo había abandonado sin un motivo válido.

También Mr. Hielo se dejó llevar por el orgasmo y Selene sintió las contracciones de la erección en su interior, mientras derramaba el semen en su cuerpo.

La rozó la preocupación de estar en cinta pero fue solo un instante. Desde que había regresado a Italia no había vuelto a tomar la píldora…

Román se apartó de ella y ese pensamiento fue borrado por el vacío que sintió. No tenía frío, pero un pequeño temblor la empujó a acurrucarse en la cama y a cubrirse con las sábanas. No quería limpiarse el semen que corría entre sus muslos.

Él la imitó, tendiéndose a su lado. La respiración de Mr. Hielo aún estaba acelerada. Selene alargó la mano para encender la lámpara: quería admirar a su hombre luego de su unión.

No podía esperar para sumergir sus ojos en los ojos verdes de él, lánguidos por el orgasmo, pero también para disfrutar del pecho jadeante y del cuerpo vigoroso relajado sobre las sábanas. Le bastaba estrecharlo fuertemente contra sí y repetirle lo que sentía mirando fijamente a los iris helados.

La luz iluminó la habitación y Selene entrecerró los ojos por el fastidio.

La mano de Román apartó un mechón de cabello y lo colocó detrás de su hombro y ella se giró, encontrándolo a poca distancia. Su nariz rozó su pecho.

Selene subió a mirar su rostro. La barba crecida resaltaba su virilidad, el cabello rapado hacía que pareciera un militar y la mirada, que iluminada con malicia caía sobre ella, hizo que se le apretara el estómago con absoluta abnegación: ¡Dios, lo amaba!

Se sintió insignificante comparada con él. Volvió a ser la chica a quien Mr. Hielo observaba con indiferencia, vendida un día hacía algunos meses atrás en un hotel de las afueras de la ciudad.

—¿Por qué te cortaste los rizos? —le preguntó.

—¿No te gusto sin ellos? —pasó la palma de su mano por los cabellos cortos—. Me los corté por ti.

—Todo por esta inútil puesta en escena —resopló encogiéndose contra él.

Volverían a crecer, pero no tendría que haber fingido ser otra persona ni tampoco haberse cubierto con ese horrendo pasamontañas. Las lentillas de contacto, además, ¡un golpe de genialidad! Selene nunca habría sospechado que era Román, precisamente porque sus ojos eran de un color diferente.

—No fue inútil —la contradijo—. Tenía que ganarme tu confianza incondicional.

—Estúpido.

—Ah, ah, no tan estúpido. En el aeropuerto no estabas tan abierta y bien dispuesta como ahora —La sacaba de sus casillas cuando pretendía tener la razón.

Simplemente podría haberle hablado en lugar de asustarla y tirársela sobre una mesa en el aeropuerto. Incluso si la experiencia había sido bastante excitante. Un traicionero ardor subió a sus mejillas. Estaba sonrojándose.

—¡Me seguiste a Italia y me secuestraste! —le recordó, como si se hubiera dado cuenta recién en ese momento. Oh, pero vamos, había tomado bien ese descubrimiento, muy bien.

—Tú eres mía, Selene, mía en todo sentido. Admito que al comienzo quería hacerte pagar por haberme dejado, por eso te até.

Le dio un puñetazo en el pecho. ¡Maldito bastardo! Su muñeca estaba sanando pero la herida aún palpitaba cuando hacía fuerza con esa mano.

—¿Y luego? —susurró.

—Luego, verte desnuda me hizo cambiar de opinión. Tú siempre me tientas, pequeña luna.

CAPÍTULO 15

Se recostó en el marco de la puerta del baño. Román estaba sentado en la cama, intentando acomodar las armas que guardaba en ese enorme bolso.

Selene se envolvió la toalla alrededor del cuerpo. Había adelgazado. Ahora que lo observaba con la certeza de que era él, veía la diferencia respecto a unos días atrás, en el aeropuerto.

—Deberías rasurarte —le aconsejó.

—Tenemos que irnos de aquí —replicó—. No quiero que corras peligro.

Estaba preocupada por él. Ahora que no llevaba el pasamontañas se ocultaba detrás de un muro de frío secretismo. No era buena señal, porque seguía manteniéndola al margen de las preocupaciones que lo agobiaban.

—Román —lo llamó—. Mírame, por favor.

Su mirada se dirigió a ella. El verde de los iris se fijó en la toalla con la que Selene frotaba su húmedo cuerpo. Los hombros de Mr. Hielo estaban tensos, sus ojos rodeados por profundas bolsas…

—No estás bien —dedujo.

—Mejor que ayer, pequeña luna —la provocó, lanzándole una mirada cargada de sobreentendidos.

—Ya basta, no estoy bromeando. —Nunca antes se hubiera dirigido a él con ese tono inflexible pero ya no estaban en Rusia, en el mausoleo sin calor de un hombre importante, con él que jugaba a hacer de capo de la mafia.

La miró y con su mano le indicó que se acercara. Oh no, ya lo conocía. Nada de sexo rápido para resolver los problemas. Selene quería saber qué era lo que lo atormentaba, cada uno de los detalles.

Se mantuvo inmóvil donde estaba mientras él se estiraba, de pie. Incluso los jeans le sentaban como un dios y sentía deseos de arrodillarse entre sus piernas para hacer que se excitara y luego jugar con su boca sobre él, pero se impondría contenerse y no lo haría. Tenía que saber la verdad.

—¿Por qué estás tan preocupado? Estoy a salvo mientras estés a mi lado.

—Estás a salvo porque he hecho que mis hombres rodearan el área. ¿O pensabas que estaba solo? La mafia de tu país no ama los juegos.

Haciendo planes en su mente, tal vez se permitiría seducirlo con los labios. Lo obligaría a confesarse y así lo convencería de no hacerse el listo cuando le hablaba. Puso morritos.

Román se aproximó y levantó su barbilla. El instinto le decía que lo abrazara y se perdiera en él, pero prefirió recostar su frente contra la camisa azul que llevaba. La adicción a Mr. Hielo la hacía sentirse indefensa.

—Nos iremos de aquí. Encontraremos otro lugar —repitió—. Puede parecerte ridículo pero es lo mejor para ti.

—Al menos ahora sé que eres tú quien está junto a mí y no un extraño y atractivo hombre con obsesiones perversas.

Román tomó su mano con galantería y se la llevó a la boca. La besó y Selene se encontró temblando de placer por el simple roce de sus suaves labios sobre ella.

—Cuando dijiste que me amabas no pude seguir resistiéndome.

Sí, se lo había dicho. Recordaba el momento en que se había abierto con él y le había revelado que estaba enamorada del ruso que la había comprado. ¡Cuánto la había hecho sufrir la idea de que Román la hubiese olvidado ya!

Lo esquivó y fue a hurgar entre las bolsas que le había llevado. Encontró un conjunto de lencería y se lo puso antes de que pudiese pensar en tener un rapidito con ella.

—¿Cómo va tu hombro? —preguntó cuando lo vio inclinarse sobre el gran bolso y torcer la boca en una mueca de dolor.

—Pasará —respondió.

Selene frunció el ceño, dubitativa. Arrojó la toalla sobre la cama y se puso un par de jeans nuevos que él le había comprado. Se deslizaron perfectamente por sus caderas. A continuación llegó el turno de la blusa color melocotón que tal vez hubiese sido mejor llevar sin sostén, pero no quería tener problemas con Román por la transparencia del algodón. Pelear una vez más porque se le veían los pezones definitivamente le hubiese hecho perder los nervios y… ¡adiós paciencia! Mr. Hielo conocía sus puntos débiles.

—No te quites el sostén —le advirtió.

—Lo sabía —murmuró resoplando. Román y la manía de tener que decidir por ella… ¡Bienvenido de vuelta amo!

Se sentó para colocarse las sandalias, también nuevas, en los pies. Se las deslizó con demasiada fuerza, prueba de su irritación. En el fondo, sin embargo, también había echado de menos eso de él.

—Odio que seas de dominio público —se empecinó Mr. Hielo—. Te quiero para mí.

Selene consideró la posibilidad de hacer que volviera a colocarse el pasamontañas y silenciar por un momento su lado dominante. La habría hecho morir de calor con tal de satisfacer su presuntuoso ego masculino. Se giró para enseñarle la lengua.

—Guarda esa lengua, pequeña luna, tengo un hombro dolorido, pero el resto funciona bien. —La advertencia llegó directo a su corazón, que se saltó un latido.

Su cuerpo ya estaba ansioso por hacerle cumplir la amenaza. Se puso de pie y lo observó quitarse la camisa. No movió el hombro derecho con desenvoltura y Selene subió sobre la cama, gateando hacia él, para comprobar en qué estado se encontraba el hematoma.

—Tal vez deberías dejar de hacer movimientos innecesarios, visto que te duele —le aconsejó.

Lo abrazó. Respiró en el cuello de Román y se apretó con fuerza a su espalda, intentando transmitirle toda su preocupación por él. .

Acarició su nuca y bajó a rozar su hombro herido, que de inmediato se contrajo bajo sus dedos. Sin embargo, Román se relajó cuando comprendió que solo quería consolarlo Entonces le pasó la crema analgésica.

—No muerdo —bromeó.

Mr. Hielo apretó la mandíbula y Selene comprendió que el dolor debía ser insoportable. Desparramó la crema en su palma y la pasó por la contusión: el hematoma no se había reabsorbido por completo.

—Román, no puedes descuidarte así —lo regañó. Inclinó la cabeza para besar su hombro.

—Los únicos movimientos innecesarios que he hecho esta noche, me hicieron feliz —aclaró mientras ella continuaba masajeándolo suavemente—. Por eso me he descuidado.

Selene enrojeció. El modo en que habían hecho el amor se materializó en su mente. Había olvidado que estaba herido y no se había contenido. Se avergonzó de no haber pensado en su sufrimiento, pero Mr. Hielo le dirigió una mirada cálida y libre de acusaciones. La hizo estremecerse.

—Perdóname —murmuró de todos modos, acabando de esparcir la crema.

—¿Y por qué? Sabes que haría cualquier cosa por ti —le respondió, poniéndose de pie para recuperar la camisa que había dejado abandonada sobre una de las sillas de la habitación.

Selene guardó silencio. Permaneció con el tubo en mano y el rubor extendido en sus mejillas, asimilando la frase de Román: era importante para él. Ya no podía tener dudas al respecto, a pesar de que no hubiese dicho que la amaba.

Se prepararon para bajar y tomar un buen desayuno. Selene tenía hambre pero también sentía la necesidad de respirar oxígeno fuera de la habitación: comenzaba a ahogarse en ese espacio cerrado. No le importaba quedarse en ayunas, lo que ya no podía soportar era estar encerrada allí dentro, a pesar de la tranquilizadora presencia de Mr. Hielo.

Román salió detrás de ella y cerró la puerta a sus espaldas. Se había colocado la pistola bajo la camisa, en la cintura de los jeans, y el bulto estaba cubierto por el gran bolso que sostenía sobre su lado izquierdo para no cargar con el peso en su hombro derecho.

El silencio en el corredor, en lugar de calmarla, le resultaba inquietante.

Ambos se aproximaron a las escaleras y comenzaron a bajar.

Selene sintió el olor del pan recién salido del horno y se serenó. Se imaginó untando manteca y mermelada en el pan caliente y recién horneado. Se le hizo agua la boca.

—Dejaremos aquí nuestra ropa sucia —susurró mientras bajaban—. Compraremos más.

No puso objeciones. Había comenzado a odiar esa camiseta amarillo canario, deshacerse de ella no supondría un problema. Al llegar a la planta baja olfateó el aire y percibió el aroma a café.

—Tengo hambre —susurró, anticipando el sabor de la bebida caliente que le devolvería la fuerza para hacer frente a la jornada.

Cuando bajó el último peldaño, Román se detuvo abruptamente tras ella y Selene dio media vuelta para preguntarle qué tenía. Su rostro pálido le transmitió ansiedad y aprensión. Algo andaba mal.

—¿Estás bien? —preguntó.

Los ojos de Mr. Hielo se entrecerraron de repente. Miró a su alrededor como si esperase ver salir a alguien de entre las plantas que adornaban el corredor y, de hecho, Selene notó que había hombres que se interponían entre el salón y las escaleras; y otros que lo hacían entre la salida y su posición.

—Buenos días —los saludaron.

—Buenos días, ¿eh? —Román se burló con una sonrisita peligrosa.

Selene retrocedió pero solo fue capaz de tropezar con sus propios pies, como buena patosa. Pensaba que era mejor colocarse detrás de Mr. Hielo pero esos dos extraños sacaron armas y les apuntaron, por lo que se mantuvo inmóvil.

Sus piernas comenzaron a temblar; no pudo formular un solo pensamiento coherente: tenía miedo.

—Perdonad la molestia. —Uno de ellos avanzó y con un movimiento de su pistola hizo señas a Román para que bajara los peldaños y lo alcanzara.

—Ninguna molestia —respondió Mr. Hielo—. Nos habéis interrumpido cuando estábamos a punto de marcharnos.

Selene no conocía a esos hombres. Los miró uno por uno preguntándose si Román los había visto alguna vez. El tío que se había dirigido a él lo obligó a dejar caer el bolso y levantó su camisa para tomar la pistola que se ocultaba debajo.

Se la entregó a uno de los "suyos" y utilizó su pistola para comprobar que Mr. Hielo no llevase otras armas. Pasó las manos por su cuerpo y su rostro se relajó cuando no encontró ningún rastro de ellas.

—¿Y mis hombres? —preguntó Román.

Selene siempre había envidiado la imperturbabilidad del carácter de Mr. Hielo y ahora admiró aún más la calma con la que se había dirigido a ese hombre.

—Están bien —respondió el sujeto.

—¿Dónde están? —insistió su ruso.

No obtuvo respuesta. Selene permanecía petrificada, la mano todavía descansando sobre la barandilla de las escaleras, mientras el aroma del café continuaba haciéndole cosquillas en la nariz. Le provocó náuseas en lugar de estimularla como antes.

—La señorita viene con nosotros —dijo el tipo.

¿Se refería a ella? No iría a ninguna parte sin Román, tendrían que llevársela a la fuerza.

La puerta de ingreso se abrió y más hombres entraron. Selene siguió con la mirada ausente a las figuras que ingresaban una detrás de la otra y, al final, un rostro familiar se destacó entre los presentes.

—¡Papá! —gritó desconcertada.

Su padre estaba en medio de tres de esos sombríos tipos armados que se habían colocado junto a ellos. Unos quince hombres en total rodeaban a dos personas.

Se arrojó a los brazos de su padre y lo abrazó, feliz de volver a verlo. Él devolvió el abrazo y la estrechó con fuerza. Por un momento había temido que quisiesen hacerle daño pero si su padre estaba con esas personas quería decir que no tenía nada que temer.

—Papá, te he echado de menos —murmuró y buscó el rostro de su padre para besar sus mejillas.

—Selene, estoy feliz de que estés bien —replicó el hombre y le devolvió el abrazo.

Sintió un bulto que sobresalía de la chaqueta que llevaba, tenía una forma que no resultaba nada tranquilizadora. ¿También él andaba armado? ¿Pero, por qué? Siempre había sido un tipo pacífico.

—¿Y mamá? —le preguntó de inmediato.

Su padre no se alejaba de casa sin ella. Se amaban, eran una pareja perfecta, enamorados desde hacía años. Selene había deseado desde su infancia tener una relación como la de ellos.

—En casa —respondió él, evasivo. Esa respuesta fría y distante la alarmó.

—Pero ¿qué haces aquí? —preguntó. Se apartó de él. Dio un paso hacia atrás y escrutó el rostro de su padre en busca de una respuesta.

—He venido por ti. Vámonos de aquí, vamos. —Una gota de sudor bajó por su mejilla.

Selene se giró hacia Román, buscando confirmaciones. Su ruso no se había movido un milímetro y los miraba a ella y a su padre mientras hablaban. A pesar de que en apariencia estaba tranquilo, una furia homicida cruzaba la mirada que mantenía fija sobre el hombre que la había visto nacer.

—Estoy bien aquí —dijo—. En verdad, no debes preocuparte. Tan pronto como termine este viaje con mi amigo, regresaré a casa.

Estaba confundida. ¿Esos eran policías? Tal vez luego de haber denunciado su desaparición a las autoridades, su padre no se había rendido y la había buscado por todas partes. Pero no se explicaba su presencia en ese lugar y tampoco la de los hombres que los rodeaban amenazadoramente.

—Tenemos que salvarte de este criminal. Ven con nosotros.

Su padre la tomó por un codo, pero su agarre era excesivamente fuerte y nervioso. Le estaba mintiendo.

—No, yo me quedo aquí —respondió.

—Estamos hablando de la mafia rusa, cariño, este hombre es un miembro importante. Ahora que estás en Italia, todo volverá a ser como antes. Mamá te está esperando en casa.

La sonrisa forzada con la que le había hablado no engañó a Selene ni por un momento. Lo conocía desde siempre.

Le faltó el aire y un mareo la golpeó justo cuando intentaba comprender por qué su padre conocía la identidad de Román. Vio todo rojo por un segundo.

Inspiró hondo, metiendo aire en sus pulmones. Confiaba en Mr. Hielo. Él nunca la habría puesto en peligro. Tal vez su padre lo había malinterpretado, si le explicaba a la policía lo que había sucedido, soltarían a Román y él sería libre de regresar a Rusia.

Selene estaba perdida en esos pensamientos, cuando Mr. Hielo se echó a reír.

Las miradas de los presentes se dirigieron a él, que reía divertido.

—Eres un viejo bastardo. ¡Incluso te atreves a decirle que estará a salvo! Encontraré el modo de matarte, ya lo verás.

Selene volvió a mirar a su padre. Las mejillas de su progenitor se hincharon por la ira cuando oyó la amenaza de Román.

—No fui yo quien la compró para que fuese mi puta —lo acusó, volviendo a recuperar la calma.

¡Su padre sabía la verdad! La mirada de Selene rebotó entre los dos hombres más importantes de su vida.

—Pero no fui yo quien la vendió a la mafia italiana para que pagase mis deudas de juego. Ella me pertenece por derecho, a ti ya no te debe nada —rebatió Román.

Se miraron con cara de pocos amigos. Luego el hombre que poco antes lo había cacheado en búsqueda de armas se acercó a Mr. Hielo y lo golpeó justo en su hombro derecho. Román gimió y su cuerpo se dobló en dos por el dolor.

Selene intentó moverse para alcanzarlo, pero su padre la retuvo junto a él. Otro golpe dio de lleno en el ruso, esta vez en su estómago. Gimió pero no reaccionó a la provocación. ¿Cómo podría haberlo hecho? Lo apuntaban con pistolas.

—¡Vámonos! —gritó su padre.

Llevó una mano a la curva de su espalda y la empujó a salir del edificio. Selene se resistió. Pensaba en Román y en su hombro...

—Vete a la mierda, bastardo, pedazo de mierda —balbuceó Mr. Hielo aún doblado en dos por el dolor—.

Es tu hija y quieres volver a venderla. Ambos sabemos que tu deuda no fue saldada.

Su padre regresó y empujó a Román hacia el piso. Él cayó sin oponer resistencia. Selene no podía creer que el hombre con quien había crecido se estuviera comportando con tanta violencia. No comprendía lo que estaban diciendo esos dos. ¿Quién volvería a venderla a la mafia?

—¿Sabes algo, ruso de mierda?

Selene vio a su padre empuñar la pistola y apuntar hacia Mr. Hielo. Abrió los ojos como platos, incrédula frente a esa escena e intentó mover los músculos para alcanzarlo y detenerlo, pero continuó observando sin poder dar ni un solo paso en su dirección.

—Adiós. —Su padre disparó.

Un grito llegó a su garganta y finalmente pudo moverse. Corrió hacia Román, gritando su miedo. Algunos hombres intentaron detenerla y se le acercaron, pero Selene se arrastró hacia Mr. Hielo con ellos reteniéndola por los codos. Nadie osó dispararle, cosa que de todos modos en ese instante, no se encontraba entre sus principales preocupaciones. ¡Que la mataran! Su prioridad era llegar a su ruso.

Logró arrojarse sobre su padre y detenerlo mientras disparaba por segunda vez.

—¡Detente! ¡Basta! —chilló.

Sus ojos cayeron sobre el cuerpo que se encontraba debajo de ellos. Román había sido herido. La camisa comenzaba a teñirse de rojo, había perdido la consciencia. Selene estaba aterrorizada.

Temblaba y se preguntaba cómo podía mantenerse lúcida. Tenía que llamar a una ambulancia, Román necesitaba ayuda.

Su padre se liberó de su agarre de un tirón y volvió a apuntar el arma hacia el cuerpo inerte. Selene intentó nuevamente detenerlo, pero su fuerza era inferior a la de su progenitor y por eso perdió la batalla contra él.

—¡Alto! —Una voz femenina la interrumpió.

Otro puñado de hombres había entrado a sus espaldas y portaban armas de fuego listas para disparar. Selene se volvió hacia los recién llegados y reconoció entre ellos a Tatia. Esos odiosos rizos rubios que caían sobre sus hombros, el rostro pálido y perfecto que la miraba con rabia… era ella, ¡y se encontraba en Italia!

La cabeza de Selene volvió a dar vueltas y el techo se le acercó peligrosamente, ¿o era el suelo? La vista se le nubló.

—¡Mantente lejos de él! —gritó Tatia—. Ese no era el trato.

Su padre miró a la mujer sin entender: él no comprendía ni una palabra de inglés. La rusa se acercó a ella, con su impecable traje rojo sangre, y la miró con verdadero odio. Luego se dirigió a su padre.

—Si muere, estás muerto —siseó—. Haz algo útil y pide ayuda antes de que te meta una bala en la frente.

Pocos comprendieron las palabras de la mujer pero nadie se movió para ejecutar sus órdenes. Tampoco Selene sabía qué hacer, no llevaba consigo un teléfono móvil.

El miedo, además, la paralizaba. Bajó la mirada hacia Román y un gran peso se le quitó del pecho cuando lo vio respirar. Aunque dificultosamente, respiraba, pero Mr. Hielo continuaba perdiendo sangre.

—¡Muévete! —gritó Tatia.

Los hombres se miraron con recelo. Nadie se atrevía a dar el primer paso, conscientes de que los otros tenían pistolas listas para disparar.

La rusa sacudió su rubia melena y retrocedió hasta uno de los hombres que habían entrado con ella. Hurgó en su bolsillo. Todo en el más completo y ensordecedor silencio.

—¿El número? —preguntó.

—Ciento dieciocho —susurró Selene todavía confundida.

La mujer le pasó el móvil y por un instante el pedido de ayuda permaneció suspendido entre ellas. Tatia le pedía que hablara en italiano para hacer que la ayuda llegara.

Selene tomó el móvil con un gesto automático, sin pensar, y habló con la mujer que respondió al otro lado de la línea con anónima calma. Se sentía lejos de allí, ajena a lo que estaba sucediendo. Román herido, su padre involucrado en ese asunto aún poco claro, hombres armados que no bromeaban y hubiesen podido desencadenar el fin del mundo de un momento a otro…y ¿a dónde estaba la propietaria del lugar?

—No sé dónde estamos —murmuró desconcertada cuando la persona al otro lado de la línea le preguntó por la dirección.

Fue Tatia quien le susurró la ubicación exacta del hotel rural. En ese momento, Selene la hubiese besado y abrazado, a pesar de que lo que sentía por ella se aproximaba más al odio que a la gratitud.

—¿Ha dicho "herida de arma de fuego"? —continuó con el interrogatorio la mujer.

—Sí —admitió.

—¿Puede explicarme cómo sucedió? No se preocupe señora, la ayuda está en camino. Mantenga la calma. Hable conmigo.

Ella estaba tranquila. Nunca se había sentido tan serena

en su vida, de hecho, tan tranquila estaba que tenía la sensación de haber sido drogada. Incluso veía los movimientos en cámara lenta y le daba trabajo enfocar a las personas que se encontraban a su alrededor, pero pensó que no era momento de conversar acerca de sus condiciones físicas.

—¿Señora, está bien? ¿Sigue ahí?

—Todo bien. Un arma se disparó y mi compañero resultó herido —explicó.

En medio de un arranque de furia, su padre le había disparado al hombre de quien estaba enamorada.

—No des más explicaciones —susurró Tatia—. Nosotros resolveremos esto, junto a tus inútiles compatriotas.

Su padre, en tanto, continuaba sosteniendo la pistola en su puño. Sin embargo, estaba a tiro de los hombres que lo rodeaban: un movimiento y lo asesinarían. Tenía un fusil apuntado contra la espalda y a un hombre listo para abrir fuego en el caso de que se hiciera el listo. Le había disparado a Román, él, su papá, el mismo que de niña la sentaba en su regazo para jugar. Selene aún no podía creerlo. Se lo repetía pero todo le parecía una pesadilla.

—Puedes irte con tu padre, nosotros nos ocuparemos de Román —le aseguró Tatia.

—Quiero estar con él —replicó. No los separarían, ¡no de nuevo!

—¿No quieres regresar a casa? Tus padres te han buscando durante meses, ahora tu padre está aquí. Está preocupado por ti. —Incluso Tatia intentaba persuadirla de que se fuese con él. Por las buenas nunca conseguiría que dejara a Mr. Hielo, no por segunda vez.

Selene había adivinado que la rusa y su padre habían trabajado duro para encontrarla y hacer que regresara a Florencia, pero los insultos de Román hacia su progenitor aún resonaban en su mente.

—Señora, ¿sigue allí? —gritó la mujer en el receptor.

—Espero. —Cerró la conversación.

Se dirigió a la novia oficial de Mr. Hielo y la confrontó con las últimas fuerzas que le quedaban. No tenía intención de seguir a su padre a ningún sitio: ese hombre acababa de herir a Román. Ya no era la buena persona que conocía y comenzó a temer haber subestimado la aprensión de su amante cuando le había dicho que quería mantenerla a salvo.

—Alguien que me explique qué sucede, de lo contrario no iré a ninguna parte. —Ni siquiera ella tenía claro de dónde había sacado la fuerza para hablarle a Tatia con esa arrogancia. Estaba rodeada de gorilas armados que podrían haberla matado.

—Este hombre te secuestró —le dijo su padre, mirando el cuerpo exánime sobre el piso.

Dirigió una mirada dubitativa a la mujer junto a ella. Los minutos pasaban lentos y las condiciones de Mr. Hielo empeoraban. La calma de los presentes era anti natural y el aire estaba viciado por respiraciones pesadas y cautelosas. No era tan tonta como para pensar que Román había actuado por su cuenta, así que esperó la explicación más plausible de la rusa.

—Le eché una mano a tu padre para que te encontrara —se justificó Tatia—. Después de haber puesto los pies en Italia, desapareciste. Solamente busqué a Román y sabía que lo encontraría contigo.

—¿Entonces fuiste tú quien nos entregó? —le preguntó.

—No pensé que le dispararía —susurró ella, comenzando a mostrar los primeros indicios de nerviosismo—. Solo quería que tus padres te encontraran.

Selene ignoró la rabia que crecía en su interior con cada palabra que Tatia pronunciaba. Había traicionado a Román, ella, su prometida, había involucrado a esos hombres y por su culpa Román había sido herido.

Con gusto le habría tirado del pelo y luego le hubiese dado un buen puñetazo en esa naricita parada que lucía con tanta altivez, pero finalmente escogió ir hacia Román y sentarse a su lado. No iba a permitir que nadie la alejara de él.

Se arrodilló junto al cuerpo de Mr. Hielo. La herida seguía sangrando. Sintió que sus párpados se volvían pesados mientras miraba a su ruso, quien yacía inconsciente. El olor de la sangre le revolvía el estómago.

Verlo tendido sobre el piso, con el rostro demacrado y las mejillas pálidas, le hizo sentir aún más ira hacia su padre. Lo odió.

—¿Por qué le disparaste? —murmuró de modo que pudiera oírlo solo él, de pie a su lado.

—No tenía derecho a alejarte de mí —respondió.

Lo miró a los ojos y comprendió lo que había sucedido: no había sido casualidad que hubiese sido vendida a un traficante de mujeres. Su papá había escogido cederla a un grupo de mafiosos para recaudar dinero y pagar sus deudas. Román estaba intentando defenderla… a costa de su vida. La estaba protegiendo de su propia familia. Por eso no había querido decirle la verdad.

CAPÍTULO 16

Dos hombres intentaron llevársela por la fuerza, en volandas, pero Selene se desplomó sobre el suelo. No tenía nada a lo que aferrarse para no ser arrastrada, esperaba que los gritos fuesen suficientes para que los matones desistieran de acercarse.

Lamentablemente gritar a pleno pulmón no le sirvió de nada, nadie intervino para defenderla y ella fue separada de Román. La condujeron fuera del hotel rural pero no les escatimó a esos hombres patadas, puñetazos e incluso hizo algunos intentos de morder sus brazos desnudos.

La obligaron a subir a un coche desconocido. Con ella fue también su padre. Sentado a su lado, mientras los otros dos hombres subían al frente.

No le habló, fue él quien le dirigió la palabra mientras el auto se alejaba del lugar.

—Por fin estás conmigo —susurró y acercó una mano a ella, tal vez para tomar la suya que yacía abandonada sobre el asiento, sin fuerzas.

Lo miró, en su mirada se concentraba todo el odio que sentía por haber sido alejada del hombre que amaba en el momento en que más la necesitaba.

—¡Intentaste matarlo! —explotó, con un grito excitado.

Él resopló.

—Aquí vamos —murmuró—. Merecía cada bala.

Selene perdió la paciencia. Lo atacó. Saltó a su cuello y comenzó a arañar las partes descubiertas del cuerpo de su progenitor. Estaba enceguecida por la ira, ya no razonaba, solo sabía que quería lastimar a ese hombre.

—¿Fuiste tú quien me vendió a esos tipos? ¿Román tenía razón? ¡Dime! —gritó, mientras las uñas se hundían en la piel de su padre, quien luchaba por quitársela de encima.

—¡Para! —estalló. Intentaba apartarle las manos de su rostro, pero sin éxito, Selene estaba decidida a ver correr sangre. No necesitaba un arma para herirlo.

—¿Tenía razón? ¿Me vendiste para pagar tus deudas? —insistió y le asestó un codazo en el estómago para que bajara la guardia.

Su padre tosió y se llevó una mano al punto en que lo había golpeado. Ella aprovechó la oportunidad para continuar arañándolo y dándole puñetazos. Era su padre y sin embargo el vínculo que los unía ya no le importaba.

—¡Tuve que hacerlo! ¡Estaba lleno de deudas! —se justificó.

—¿Y me vendiste a la mafia italiana para pagar tus deudas de juego? ¡Eres un maldito bastardo! —lo insultó, con lágrimas en los ojos.

Todo lo que había tenido que pasar era obra de su padre. Precisamente él, que decía amarla, el hombre que siempre hubiese querido en su vida…

—La muchachita tiene carácter —rió divertido uno de los gorilas que estaba en la parte delantera del coche.

Lo fulminó con la mirada, lástima que ese no pudo ver la mirada asesina que acababa de darle. Selene tenía que encontrar un modo de regresar.

—¿Y ahora por qué estás aquí? ¿Qué más quieres de mí?—preguntó a su padre.

No ciertamente llevarla de regreso a casa y vivir "felices para siempre". Román la estaba defendiendo, había simulado un secuestro para protegerla: la mafia italiana aún no había terminado con ella.

—Las deudas no fueron pagadas, el dinero se lo quedó el traficante que te vendió. Por eso estoy en problemas. —Su tono apacible la hizo sentir náuseas.

¡Tenía que vomitar, mierda! La bilis subió a su garganta y Selene amenazó con devolver los jugos gástricos que tenía en el estómago vacío.

—Entonces, déjame entender... ¿Pretendes venderme al mejor postor, como una bestia? —Su voz se volvió un quieto susurro, incluso si nervioso.

El famoso "Jack", así que no había hecho llegar el dinero a la mafia y su padre se había visto obligado a pagar nuevas deudas.

El dolor de cabeza explotó y Selene se alejó de él para tomar el aire. Bajó la ventanilla e inspiró oxígeno.

—Las cosas son complicadas cuando se trata con estos hombres... —Dejó que la frase se esfumase y se cerrase con un susurro indistinto.

Selene interceptó rápidamente la mirada atemorizada de su padre hacia los dos que estaban en silencio en los asientos delanteros. Los hombres los ignoraban y tal vez incluso estaban disfrutando la escena del reencuentro familiar.

—No me interesa que sea difícil —siseó—. Quiero ser libre.

Y sobre todo quería volver con Román, asegurarse de que estuviese sano y salvo. Se obligó a mantener la calma pero la angustia la atenazaba: Mr. Hielo estaba herido, tal vez gravemente.

¿Qué haría sin él? Sintió el insano deseo de estrangular a su padre y liberarse de ese modo de una gran carga, incluidas las deudas. Quizás.

—Tengo que volver con él —le dijo. Lo miró, suplicante. Esperaba encontrar en ese hombre al papá generoso y comprensivo que la había criado.

—Es un mafioso, como estos hombres. Solo que es parte de una organización criminal rusa. Selene, estás en peligro con él.

Mejor un criminal ruso que cuidaba de ella que uno italiano que solamente quería ganar dinero con su venta. De ellos dos, el monstruo no era Mr. Hielo.

Quería de vuelta a Román y lo quería vivo.

—Él nunca me hizo daño —informó a su padre—. Me compró, pero…

—Me parece suficiente —dio por finalizado, interrumpiéndola—. No es mejor de lo que quieres hacerlo parecer.

Selene se giró hacia la ventanilla. Fijó la vista en la carretera que corría a su lado: campo abierto y asfalto. Era inútil intentar convencerlo de que Román era diferente a él. Tal vez su padre no estaba completamente equivocado, Mr. Hielo tampoco era un santo y por lo tanto merecía ser acusado por la vida al margen de la ley que llevaba.

El amor la había enceguecido. Sin embargo, nunca se había permitido obligarla a hacer algo o usarla para ganar dinero, de modo que, para ella, los dos hombres eran diferentes.

—Sé que ya no confías en mí —murmuró su padre, afligido.

—¿Cómo podría? —replicó ella.

—Podríamos intentar negociar —le propuso.

Selene parpadeó, preguntándose si había oído bien o si la angustia que la invadía había comenzado a jugarle malas pasadas.

—¿Negociar qué? ¿A mí? ¿Con ellos? —Su padre estaba loco. Las deudas debían haber freído su cerebro. ¿Realmente esperaba que llegara a un acuerdo con él para venderse a esa gente?

—No estoy en venta —le recordó.

—Tendrás que hacerlo —replicó él—. No tienes alternativa, no puedes permitirlo. Nuestro acuerdo era claro y no fue respetado.

Una gota de frío sudor se deslizó desde su frente a lo largo de sus sienes. No tenía calor, eso era miedo. Desde el principio. El suplicio volvería a comenzar desde el principio. Se convertiría en una prostituta como tantas y todo por culpa de un padre loco.

—¿Mamá lo sabe? —le preguntó.

—No.

Se acurrucó en el asiento. Al menos a ella la habían mantenido al margen de esa locura. Cerró los ojos y sintió que sus sienes volvían a latir. El dolor de cabeza la estaba torturando pero se esforzaba por no pensar, podía ignorarlo y continuar manteniendo la cabeza fría.

Si hubiese tenido una pistola a mano, no habría respondido por la vida de su padre. Creía que le hubiese disparado sin pensarlo un segundo.

Se relajó contra el asiento y esperó a que alguien le informara el destino que le esperaba. Cerró los ojos y fingió dormir. Recordó a Tatia y el modo en que se había comportado con ella. Primero había alejado a Selene de Rusia, de Román, sabiendo que entre ellos había un fuerte vínculo y luego se había aliado con su padre y con esos asesinos para que ellos la encontraran.

—¿Tatia sabía que las deudas no habían sido saldadas? —susurró a su padre.

Abrió un ojo y lo observó: tenía huellas de arañazos en el rostro y parecía agotado. Había cumplido cincuenta y cinco años el mes anterior. Generalmente amaban festejar en familia, con un pastel que preparaba su mamá. Se sentaban a la mesa, cantaban el feliz cumpleaños y luego hablaban de esto y aquello toda la noche. Felices. Habían sido felices. Antes de que él lo arruinase todo.

—¿A quién te refieres, a la mujer rusa? —entonces no sabía ni siquiera su nombre.

Selene asintió.

—Hicieron el acuerdo con ella. Fue quien les advirtió que regresarías a Italia con un pasaporte falso, pero desapareciste inmediatamente luego de poner un pie aquí.

Román, había sido él quien la había secuestrado, fingiendo ser un mafioso italiano. Acomodó el cabello sobre su frente, con un gesto con el que pretendía tranquilizarse: todo iría bien.

—Lo siento, Selene —susurró su padre, mirándola arrepentido—. Lo siento tanto.

Lo único que debía sentir era haber perdido una hija por comportarse como un criminal. Le dio la espalda y se acurrucó, cerrando nuevamente los ojos. Le pareció percibir en la nariz el olor de la sangre de Mr. Hielo, ese perfume acre y ferroso. Recordó su cuerpo, exánime, y una lágrima corrió por su mejilla. Unos pocos minutos antes de que todo ese desastre sucediera, lo estaba abrazando. Había frotado la nariz en su cuello y se había burlado de él por su excesiva aprensión.

Si Román sobrevivía no volvería a acusarlo de ser un déspota. Mr. Hielo había creado esa farsa por ella, para mantenerla a salvo. Por ella. Otra lágrima rodó a lo largo de su mejilla y Selene sorbió por la nariz.

Era demasiado para soportar. Al final lloró. Permaneció muda, acurrucada en su soledad, pero se dejó dominar por las lágrimas calientes que comenzaron a deslizarse por su rostro sin darle tregua.

Si los hombres notaron los sollozos que de tanto en tanto hacían que su espalda temblara, no dijeron nada. La dejaron pudrirse en su dolor, incluido su padre.

Cuando el coche redujo progresivamente la velocidad, se frotó la nariz con el dorso de su mano. Espió por la ventanilla y vio una enorme extensión de campo abriéndose frente a ella.

El que se encontraran en un sitio aislado no le decía nada bueno. Miró a su padre que, temblando, bajó del auto cuando los dos energúmenos lo instaron a hacerlo.

Se retiraron a un lado a hablar y confabularon entre ellos por dos o tres minutos. Uno tomó el móvil del bolsillo de sus pantalones e hizo una llamada.

Selene continuó espiando. Desde su posición no podía oír nada de lo que el extraño decía pero intentó centrar sus ojos en los labios del hombre. Tal vez comprendiera algunas palabras.

Cuando comenzó a hablar, notó que no sería capaz de descifrar ni una de las palabras que pronunciaba, de modo que desistió. Inclinó la cabeza y se acurrucó nuevamente en el asiento, volviendo a la reconfortante apatía en la que había caído luego de haber llorado.

Oyó que la puerta a sus espaldas se abría. Su padre regresó al coche y se acercó a ella para abrazarla. Una mano apretó su hombro, intentando tranquilizarla.

—Están decidiendo qué hacer contigo —le dijo.

No se giró para responder. Permaneció con la mirada fija en el interior del coche, encerrada en sí misma. Las pesadillas daban mucho menos miedo que tener que enfrentar una situación real en la que su padre era parte de quienes le estaban arruinando la vida por los errores que había cometido en el pasado.

—Me das asco —le confesó, antes de que se separara de ella y volviera a sentarse a su lado.

—Harías lo mismo en mi lugar —replicó.

—No cuentes con ello. Son excusas que encuentras para no admitir que te estás equivocando —le echó en cara sin ningún remordimiento.

Era un cobarde. Ni siquiera su madre sabía lo que había hecho, le había ocultado que había vendido a su hija, fingiendo que ella había desaparecido.

Así nadie volvería a preguntar qué había sido de la pobre chica que, de repente, se había esfumado. En Italia no encontrarían rastros de ella. Su padre debía haberse asustado mucho cuando descubrió que el traficante no había pagado el monto acordado para saldar sus deudas. Imaginó, en cambio, el alivio que había sentido al saber que su hija regresaría a Italia, así podría revenderla y salvar su propio pellejo. ¡Vaya padre ejemplar!

—Te llevaremos a un hotel. Allí tendrá lugar el intercambio con un traficante de su confianza —le advirtió—. No estaba obligado a decírtelo.

¡Ah, bueno, ahora pretendía que le agradeciera por el favor que le había hecho al darle la noticia de su próxima venta a otro de los muchos asquerosos hombres que existían sobre la faz de la Tierra! Perfecto.

Partieron nuevamente luego de una hora y esta vez el viaje fue más largo. Pasaron horas antes de que el coche alcanzara su objetivo. Selene tenía sed pero prefirió no pedir nada a los hombres. Le dolía el estómago por los nervios y la preocupación. No estaba asustada, había aceptado lo ineludible de su destino, pero temía no volver a ver a Román nunca más. La confusión en su cabeza anestesiaba su cuerpo y sus emociones: incluso las lágrimas le parecían en ese momento un desahogo inútil.

—Aquí estamos —le informó su padre cuando el auto entró en el garaje subterráneo del edificio.

Selene se enderezó en el asiento.

El estacionamiento era enorme y había pocos coches aparcados.

La idea cruzó su mente solo por un instante, porque hubo un auto en particular que atrajo su atención. Un Lamborghini negro parecido al de Alex estaba estacionado allí, entre los otros. De Román, se corrigió a sí misma luego, riendo para sus adentros.

Suspiró. Esperaba con todo su corazón que estuviese sano y salvo. Estaba segura de que Tatia haría todo lo posible para hacer que estuviera bien, lo que incluía también mantener a Selene lejos de él.

Esa perra había jugado bien sus cartas. ¡Y ella que había pensado que era una mujer ingenua y enamorada! Por el contrario, había demostrado que sabía perfectamente cómo deshacerse de ella.

—¡Baja! —le ordenaron los dos sombríos matones con cara de pocos amigos.

Algo de amabilidad no les haría daño. Los habría hecho parecer menos atemorizantes.

Caminaron juntos hacia el ingreso del hotel y, tan pronto como atravesaron las puertas corredizas de la entrada, otros dos hombres se les unieron.

Quién sabe dónde se encontrarían. Tal vez habían regresado a Milán. No conocía el nombre del hotel. Siguió a los gorilas al hall y luego a través de un largo corredor. Su padre permaneció en silencio mientras caminaban; los otros comenzaron a relajarse y hablar. Incluso se rieron de ella.

Llegaron frente a una anónima puerta. Selene por poco se echó a reír: todas las puertas de los hoteles eran iguales. Qué tristeza. Reprimió una risita histérica y los hombres la miraron interrogativos. Recuperó la seriedad antes de levantar sospechas innecesarias.

Entraron. La habitación estaba vacía. Parecía una sala de reuniones: apestaba a humo y suciedad. ¡Uf! Al menos en Rusia tenían la decencia de escoger habitaciones limpias para las ocasiones de intercambios.

Selene siguió a los mafiosos que se sorprendieron de encontrar el lugar vacío. Ella aprovechó la ocasión para mirar a su alrededor. No había nadie.

Un sofá de cuero y varios sillones rojos amueblaban el amplio cuarto. Las sillas esparcidas de modo desordenado completaban el cuadro. Tal vez esos dos se habían equivocado de habitación.

Por las miradas que intercambiaron, Selene pensó que había adivinado lo que estaban pensando.

Uno retrocedió y su amigo amagó con tomar el móvil. Los otros, en cambio, esperaron, inmóviles.

Un movimiento repentino ocasionó un gemido de sorpresa generalizado. Selene miró a través de la ventana pero no vio nada inusual. Un hombre salió del diván justo cuando ella creía que se había equivocado. Había estado ocultándose detrás del sofá y había salido del reposabrazos. Pensó que había aparecido de la nada porque hasta hacía un momento, de él no había ni rastros.

Los ojos verdes del inesperado invitado se detuvieron en los mafiosos allí presentes. Empuñaba un arma en la mano derecha y la apuntaba hacia el tipo con el móvil en la mano.

Si le hubiesen quedado energías en el cuerpo para regocijarse de alegría, lo habría hecho. Román estaba de pie, con el pecho desnudo y una gran gasa vendando su hombro. El vendaje estaba manchado de sangre pero él estaba estable sobre sus piernas. A pesar de la palidez de su rostro, parecía que estaba bien.

¡Oh Dios! A Selene le faltó el aire: estaba tan guapo como siempre, incluso estando debilitado.

—Arroja el arma y haz que tus amigos también lo hagan, si no quieres morir —ordenó Mr. Hielo.

El tipo sonrió socarronamente.

—Estás en clara minoría —le hizo notar.

—Y no soy estúpido —rebatió Román, devolviendo la sonrisa irónica del hombre—. Si muero, no saldréis vivos de aquí.

Selene comenzó a rezar. Intentó tragar saliva pero descubrió que su boca estaba seca, y observó a los presentes. Se preguntaba cómo reaccionarían.

El energúmeno asintió y tomó la pistola que llevaba en la cintura de sus pantalones. Se inclinó para posarla en el piso, bajo los gélidos ojos de Román. Mr. Hielo no movió un músculo, impasible como siempre.

—Vosotros no me interesáis —dijo su ruso—. Podéis marchaos. Solo los quiero a él y a la mujer.

El alivio de verlo allí con ella, le hizo olvidar el sentido común. Dio un paso en su dirección pero uno de los hombres que la escoltaban la cogió por el brazo para detenerla.

—Si quieres quedártela, nos debes algo de dinero —dijo el hombre, reteniéndola junto a él.

—Ya he pagado para tenerla, no tengo ninguna deuda —gruñó Mr. Hielo en respuesta.

Selene quería tocarlo.

Asegurarse de que fuese real y no solo un producto de su fantasía.

Los dos hombres que estaban frente a ella comenzaron a retroceder. No confiaban en Román pero no tenían más opción que creer en su palabra si querían salir vivos.

Su padre, en cambio, permaneció inmóvil. Selene no pensó que fuera valor sino más bien terror. La mirada paterna estaba clavada en su ruso herido y en el arma que sostenía en su mano, casi como si supiera a quién estaba dirigida la bala que contenía en su interior.

Román se mostró paciente. Cuando los cuatro hombres cerraron la puerta a sus espaldas, esperó un minuto y comenzó a hablar. Ese silencio pesó en su corazón como una roca: estaba feliz de verlo pero se preguntaba cuánto esfuerzo había hecho para llegar hasta ella y ahora para permanecer allí, de pie, ocultando el esfuerzo y el dolor de la herida.

Mr. Hielo exhaló lentamente y Selene lo imitó, liberando el aire que tenía en sus pulmones. En el exterior no oyó ningún sonido, señal de que Román había cumplido su promesa de no asesinar a los hombres, y los había hecho escoltar fuera del edificio.

—Pequeña luna. —Su apodo fue la primera palabra que pronunció.

Selene se negó a llorar de alivio frente a él. Quería arrojarse a sus brazos y estrecharlo fuertemente para alejar el sufrimiento.

Caminó por la habitación hasta alcanzarlo. Nunca quitó los ojos de los suyos y en pocos segundos se encontró envuelta en un torpe abrazo.

Román no había dejado el arma pero su brazo izquierdo estaba libre y con él la sostenía con fuerza contra su cuerpo, su atención seguía concentrada en el otro hombre allí presente.

—Tenía que hacerlo —aclaró su padre, mientras la mano de Mr. Hielo se hundía en su cabello y llegaba a su nuca para masajearla.

Selene posó la frente en el pecho desnudo de su amante e inspiró su olor mezclado con el de la sangre y la gasa.

Lo amaba tanto…

—Entonces entenderás por qué voy a matarte —replicó Román, con tranquilidad.

Su papá no respondió a la provocación. Ella no podía mirarlo a la cara, concentrada como estaba en disfrutar la sensación de tener de nuevo a su ruso, pero sentía la cautela y la tensión fluyendo a través de los cuerpos de los dos hombres.

—¿Cómo hiciste para lavarle así el cerebro? Debería odiarte —preguntó su padre de repente.

Román se tensó y Selene percibió que su pecho subía y bajaba bruscamente. Temía que disparase. Mr. Hielo no era inexperto, sabía qué hacer, por lo que ella mantuvo la calma a pesar de la violencia reprimida que lo había invadido: sostenía su nuca con demasiada fuerza.

La estaba lastimando.

—Te diré, aún no sé si matarte. Eres su padre y quisiera que ella decidiera. Para mí estás muerto —replicó Román, arrancándole un doloroso suspiro.

—¡Responde! La compraste, tal vez la violaste y ella te es fiel. ¡Corre a ti, mírala! Como un cachorrito fiel. No es normal —señaló.

Mr. Hielo le había enseñado sobre el amor y la entrega hacia la persona amada, algo que su papá nunca podría entender. Román no la había abandonado, su padre sí.

—Yo la amo —confesó su ruso.

Selene saboreó esa admisión en lo más profundo de su alma: la amaba, realmente la amaba. Besó su pecho a la altura del corazón e ignoró el dolor del agarre susurrándole a su vez cuánto lo amaba. Era suya y siempre lo sería. Por él haría cualquier cosa.

—Conmov... —comenzó a responder su papá, pero Román disparó antes de que terminara la frase.

Selene se sobresaltó, sorprendida por el inesperado disparo, y luego sintió un golpe sordo. En ese momento, Mr. Hielo relajó su hombro y dejó caer el brazo. Había sido cuestión de segundos.

Ella no se atrevió a girarse para ver qué había sucedido, pero sabía que a pocos pasos de ellos había un cadáver, ya no un hombre con vida.

—Vámonos. No mires. —Román avanzó y la atrajo hacia su cuerpo para que hiciese lo mismo.

Deslizó el arma en su jeans y la rodeó con su brazo derecho, arrastrándola tras él. Selene avanzó en la habitación como una autómata. Su padre estaba muerto, el amor de su vida lo había matado.

Llegaron a la puerta y Mr. Hielo la abrió. La empujó para que saliera pero ella no quería separarse de él, por lo que se mantuvo aferrada a su cuerpo. No protestó por el hecho de que no quisiese soltarlo, así que caminaron juntos por el corredor.

Retrasaba sus pasos, pero no podía hacer nada. Sentía sus piernas inestables; estaba shockeada por la muerte de su padre. El ruido del cuerpo que caía muerto al piso la perseguiría durante noches enteras en el futuro.

—Lo siento —murmuró Román... —. Lo quise muerto desde que puse los pies en Italia. Al final prevaleció mi deseo.

Selene sabía que Román razonaba, pensaba, actuaba de acuerdo a otra moral. Él era parte de un mundo inescrupuloso y sin piedad, donde un desacuerdo podía costar la vida. Ni siquiera lo había dejado terminar de hablar...

—Murió en el acto, no sufrió —la consoló.

Hubiese deseado sentir pena, pero en el centro de su pecho solo había un gran vacío. Cuando comprendió que su padre había sido la causa de su secuestro y de la venta de la que había sido víctima, había sentido una amarga decepción y luego ira, una furia ciega contra él por haber traicionado su confianza como hija. Pero ahora no quedaba nada más: se había acabado.

—¿Y mi madre? —susurró.

Su madre se quedaría sola, sin saber más nada de los miembros de su familia. No merecía permanecer al margen de los acontecimientos.

—Iremos a verla —le prometió—. Solucionaremos todo, pequeña luna. Confía en mí. Siempre estuve para ti.

Selene se dio cuenta que Román estaba sosteniendo todo su peso. Ella estaba recargándose sobre su hombro herido pero Mr. Hielo no se estaba quejando; juntos avanzaban y él la sostenía contra su cuerpo, besándole de tanto en tanto la cabeza y acariciándole la espalda con la mano izquierda.

Selene frotó su nariz: nada de llantos. Quería ser fuerte, demostrar que tenía un temple de acero, como Román.

—Pensé que esta vez realmente te había perdido —le confesó, con voz temblorosa. Su táctica de mostrarse fuerte no estaba funcionando.

—No te librarás tan fácilmente de mí, Selene. Desde que nos conocimos no hago más que perseguirte, mientras que tú me haces sufrir para hacerte mía.

Se puso en puntillas, frenando los movimientos de Mr. Hielo. Él se detuvo, alerta. Miró a su alrededor para ver a qué se debía su reacción, pero cuando Selene lo besó, se abandonó al beso.

Necesitaba sentirlo vivo. No le importaba que los hombres de Román estuvieran mirando, ni que Tatia los viera, debía besarlo para estar bien, quería sentir esos labios posarse sobre los suyos y devorarle el alma.

—Te amo, Mr. Ruso —susurró en su boca.

—Yo también te amo —respondió él, obligándola a inclinar la cabeza para hundir la mirada en esos ojos.

Verdes como el hielo, había pensado al comienzo, pero ahora le daban una impresión diferente: ese verde ardía con una pasión que lo abarcaba todo, como el infierno.

CAPÍTULO 17

Román estaba sentado en la orilla de la cama de una habitación de hotel, concentrado en examinar el limpio vendaje que cubría su hombro derecho. Selene, por otra parte, todavía no se había recuperado de todo lo sucedido.

Llevaba aún la misma ropa. El deseo de tomar una ducha y cambiarse había pasado a un segundo plano en relación a Mr. Hielo y sus condiciones de salud.

Él estaba bien, debía metérselo en la cabeza, pero no quería dar ni un paso para alejarse de él.

—No me mires así —le susurró.

Román entrelazó las manos. Volvió a levantar la cabeza para mirarla y Selene sintió que su corazón se detenía. Las mejillas de él parecían hundidas y su tez demasiado pálida: no era el mismo hombre que había dejado Rusia, arrogante y atrevido.

—No puedo mentirte. Quería matarlo. Tal vez me odiarás por esto pero la idea de verte sufrir me mata —le confesó—. Selene…

Ella negó con la cabeza: no había entendido nada. Se acercó a él, temblando sobre sus piernas flojas que la traicionaron precisamente cuando estaba por alcanzarlo.

Se desplomó sobre el suelo y abrió los ojos como platos, pidiéndole ayuda. La angustia cerraba su garganta y una emoción indescifrable atenazaba su pecho, amenazando con hacer que su corazón estallara. Román, oh Dios, su Román, sin vida, tendido e inconsciente sobre ese frío piso.

—Mi padre te disparó —murmuró.

Mr. Hielo se puso de pie para alcanzarla. Dos zancadas y estuvo junto a ella. Se inclinó para tomarla en brazos y Selene rodeó su cuello para sostenerse mejor y evitar lastimarlo.

—Y yo lo maté —le recordó.

—Lo hiciste para protegerme.

La mano de Mr. Hielo acarició su mejilla y la llevó hacia su seno, cubierto por la blusa. No era un gesto sexual, Román quería escuchar el latido de su corazón. Selene entrecerró los ojos disfrutando ese toque ligero y se estremeció cuando la boca de él rozó su frente.

—Entonces no me odias.

—Nunca podría hacerlo —le confesó—. Me salvaste, de nuevo.

Una sonrisita divertida curvó sus labios.

—Me gusta hacer el papel de héroe. Le estoy tomando gusto —bromeó.

Selene se echó a reír. Una risa genuina después de no recordaba cuánto tiempo. Ese hombre la amaba y no podía desear nada más, incluso le parecía demasiado tenerlo todo para ella. Lo besó con pasión y él no le hizo rogar para recambiar con igual ímpetu el beso. Jadeando, se separaron. El deseo entre ellos explotaba salvajemente ante el más pequeño toque.

—Estarás cansada —se preocupó.

—No tanto como tú, deberías descansar. Si puedo hacer cualquier cosa…

Román la soltó. Selene se mordió el labio porque no le gustaba tenerlo lejos. Por eso lo siguió con la mirada cuando se movió por la habitación.

La miró, interrogativo, pero ella se encogió de hombros. No hubiese sabido cómo explicarle que no quería alejarse de él ni por un segundo, no cuando había estado a punto de perderlo para siempre.

Mr. Hielo se inclinó sobre el enorme bolso que se había hecho llevar a la habitación una hora antes, el de Alex. Había dado orden de que los dejaran solos y no los molestaran en toda la noche, a menos que hubiera alguna emergencia. Ese era uno de los hoteles de propiedad Nevskij en Milán y les había dado a los hombres de su guardia una noche de merecido descanso. Selene no sabía qué había sido de Tatia pero esperaba de todo corazón que Román le hubiese disparado cuando había recuperado el conocimiento. Por desgracia, la realidad no podía corresponder al deseo de su fantasía, sin embargo confiaba en que tarde o temprano tendría la oportunidad de vengarse de esa arpía.

No solo la había enviado de regreso a Italia, esperando separarla de Mr. Hielo, sino que había unido fuerzas con la mafia italiana para hacer que la encontraran y la revendieran.

—Sé que... —Mr. Hielo se aclaró la voz, que se había vuelto ronca a causa de la emoción.

Selene volvió a mirarlo, sin darse cuenta se había perdido en sus pensamientos. Román sostenía en su mano una pequeña caja de forma sospechosa.

—Tal vez es demasiado pronto —continuó él—.Yo...

Nunca antes lo había visto abochornado, él, siempre tan autoritario y dominante. Lo hizo enderezar, preocupada porque el hombro en esa posición, inclinado hacia delante, pudiera dolerle. Las manos de Román comenzaron a temblar levemente.

Selene las tomó entre las suyas y las besó. Él aprovechó para deslizar la cajita entre sus dedos.

—Quisiera vivir de ti, pequeña luna, de tus sonrisas y de tus suspiros, de tus lágrimas, pero sobre todo de tus carcajadas. No sé amar pero eso no significa que no te ame, significa que tú me enseñarás cómo hacerlo. Por ti daría mi vida misma. Espero baste para corresponder todo lo que tú me das.

¡Qué crueldad! La estaba haciendo llorar. Se había vuelto una llorona desde que lo había conocido, no hacía más que deshacerse en lágrimas por él. El llanto con que le respondió debió preocuparlo.

Román no se movió, tal vez desconcertado por su imprevista reacción. Le estaba pidiendo que se casara con él y ella lloraba, como si fuese una tragedia y no una noticia feliz.

—¿Y Tatia? —farfulló.

—Después de lo que te hizo, creo que no pondrá problemas para dejarme ir —dijo él.

Selene tenía sus dudas de que la mujer aceptara anular el compromiso con Román para hacerle un favor pero evitó decírselo a Mr. Hielo y abrió la cajita que sostenía entre sus manos. El anillo incrustado en el cojín era un solitario muy sencillo, al igual que ella. De oro blanco, de línea elegante y poco elaborada.

Se conmovió. Cerró el pequeño estuche que indicaba la marca de la joya y miró a Román con todo el amor que una mirada podía transmitir.

—¿Sí o no? Sabes que no soy un tipo paciente —le recordó. Se llevó el brazo sano detrás de la nuca y comenzó a rascársela como un muchachito avergonzado frente a la primer chica con quien conseguía irse a la cama.

—¡Sí, sí, no quiero nada más! Me fui de Rusia porque pensaba que nunca me darías la oportunidad de estar realmente a tu lado como hubiese querido —le confesó, llorando de nuevo.

Román la atrajo hacia él y la acunó contra su tonificado cuerpo, que había sido puesto a dura prueba por los últimos acontecimientos. Le hizo recostar la cabeza en su hombro izquierdo y la meció entre sus cálidos brazos.

Selene deseó estar desnuda a su lado y demostrarle cuánto lo amaba. Apretó entre sus dedos la pequeña caja. No volvería a separarse de él, nunca más.

—Podrías estar en cinta —susurró él en su oído, soplando el cálido aliento sobre su cuello.

Ella asintió y él le acarició el vientre plano con la palma libre. Tal vez si hubiesen sido menos impetuosos que de costumbre, podrían haberse permitido hacer el amor.

—Si no estás demasiado cansada, podríamos…

—Oh Dios, Román, sí. —Prácticamente le estaba suplicando que hiciera el amor con ella.

Sus ojos verdes sonrientes y llenos de picardía la hicieron sonrojar.

Posó el estuche sobre la mesa de noche junto a la cama y lo empujó para que se sentara. Se arrodilló a su lado y extendió las manos para desabrochar el botón de sus jeans. Bajó la cremallera.

Román la miraba fijo sin decir nada. Se puso de pie para permitir que la tela se deslizara a lo largo de sus muslos y debajo de sus rodillas. Se concentró en los zapatos deportivos y los calcetines y luego terminó de quitarle los jeans.

Estaba cuidando de él y eso le daba una sensación única de plenitud.

Mr. Hielo inclinó la cabeza de lado y la observó de la cabeza a los pies. Chasqueó la lengua como para decirle que se diera prisa y Selene se desnudó. Se subió la blusa y se desabrochó el sostén, luego se bajó los jeans y se quitó las sandalias.

Su ruso continuaba mirándola, mientras ella se desnudaba completamente y se mostraba ante él.

—Retrocede unos pasos —murmuró.

Ella lo oyó. Con la mano izquierda le indicó que girara lentamente sobre sí misma. También en esa ocasión Selene lo satisfizo, moviendo sus caderas, provocativamente.

Román rió. Era insólito sentirlo sereno y tan tranquilo, sin embargo ella sabía que estaba cansado y que ese gesto le había costado un gran esfuerzo.

Había oído a la enfermera decirle que necesitaba absoluto reposo al menos durante el próximo mes.

—Regresa conmigo, pequeña luna, no pienses mientras te deseo. No me descuides.

Selene intentó aproximarse nuevamente a él, pero Mr. Hielo le hizo una seña para que se quedara donde estaba.

Se detuvo y le devolvió una mirada cargada de curiosidad. Román la observó. Subió desde los delgados tobillos a las rodillas bien torneadas; se detuvo en los muslos y guiñó un ojo cuando los iris verdes se posaron en su feminidad. Selene sintió un escalofrío de placer. Recordó la primera vez que la había examinado, esa mirada fría e implacable, pero que ahora no era firme, ni de hielo, era cálida y envolvente.

—Eres hermosa —le dijo.

Selene sintió que ardía. La voz de él conseguía trastornarla. La tonalidad baja y ronca la penetró y corrió bajo su piel, impidiéndole que entrara oxígeno en sus pulmones: la excitaba.

Román no terminó la inspección. Con toda la calma saboreó la vista de su vientre plano y de su pecho que subía y bajaba agitado a causa de las emociones que él le provocaba.

Mr. Hielo la hacía sentir sensual pero también expuesta. Estaba desnuda, él podía desnudar la profundidad del deseo que Selene sentía y la despojaba de cualquier defensa. No podía huir de su ruso, ni aunque quisiera, sufría el encanto de Román y nunca hubiese sido capaz de liberarse de las cadenas con que él la había atado a sí mismo. No era solamente amor, pero no sabía cómo más definirlo: "amor" como palabra tenía límites, referencias, y podía romperse o encontrar sentido o sinónimos y lo que la unía a ella y a Román no tenía límites, no tenía significado y no podía ser encasillado en esquemas prefijados.

Mr. Hielo tenía razón: sea lo que fuera era tan extremo que se les hubiese ido la vida en ello, si era necesario.

Selene tembló ante la idea de lo que los esperaba en el futuro. Se volverían adictos el uno al otro, tanto que se confundirían y olvidarían que eran diferentes.

—¿Eres mía, pequeña luna? —le preguntó en voz baja.

—Sí, siempre lo he sido —respondió ella, sosteniendo su mirada.

Román asintió. Ese hombre, a veces presuntuoso, escondía un ánimo inseguro pero determinado a vencer.

—Acércate —ordenó entonces.

¡Finalmente! Avanzó hacia él y se sentó junto a su ruso, mientras terminaba de deshacerse de sus bóxers. La erección era poderosa y estaba lista para ella.

Selene intentó imprimir en su mente el olor de la piel de Román. Cerró los ojos para disfrutarlo con sus otros cuatro sentidos.

El toque de Mr. Hielo sobre ella... Si en el pasado lo había dado por descontado, ahora fue como una descarga eléctrica capaz de hacer que los latidos de su corazón se aceleraran.

—¿Por qué lloras? —le preguntó.

No, no de nuevo. Abrió los ojos y notó que las lágrimas saladas corrían por sus mejillas. Lamió una. El movimiento de su lengua atrajo la mirada de Román a su boca: Selene deseó que él la tomara con fuerza y la hiciese olvidar los malos momentos.

No le respondió, pero él comprendió. Tocó su boca con los dedos y la provocó para imponerle que la abriera. Selene sacó la lengua y comenzó a mojar las yemas de sus dedos.

Con la otra mano, Román comenzó a acariciar sus senos. Los pezones se pusieron duros e hinchados cuando los apretó entre dos de sus dedos hasta casi hacerle sentir dolor. Los frotaba y los cepillaba para provocarle diferentes sensaciones: se alternaban un leve dolor y un sutil cosquilleo, juntos hacían que bajara a su estómago y más abajo una sensación de vértigo que subía a su garganta y la calentaba entre sus muslos.

Mr. Hielo sabía cómo tocarla y hacerle desear tenerlo dentro de ella.

—Estoy aquí —le prometió—. No me quitarán de en medio fácilmente. Siempre estaré contigo.

Pero el llanto no se detenía. Tal vez era alivio, quizás era desesperación.

El índice de Román, que ella estaba provocando con la lengua, subió para secarle una lágrima. El hombre dejó de atormentarla con los preliminares y la tomó por los brazos, poniéndose de pie para que ella pudiese tenderse.

Selene se recostó sobre la cama pulcramente arreglada y respiró el aroma a limpio que provenía del edredón. Hacía calor pero el día no era húmero. Ese pensamiento fue borrado por el cuerpo de Román que se adhirió al suyo.

Tenerlo sobre ella le dio un alivio inmediato.

—¿Mejor? —le preguntó.

—Diría que sí —admitió.

Mr. Hielo no tenía prisa, pero ella sí. Sospechaba que su hombro lo frenaba, a pesar de que, orgulloso como era, nunca admitiría que lo volvía lento en los movimientos.

Selene le acarició la espalda. Con las uñas la rozó, desde los hombros hasta el firme trasero, que apretó entre sus manos. Poder tocarlo con esa libertad la hizo sentirse mejor. Román comprendía y la dejaba hacer lo que quisiera.

—¿Qué quieres, pequeña luna? —le preguntó luego. La gran erección presionaba contra ella, pero Mr. Hielo no parecía tener intenciones de penetrarla de inmediato.

—A ti —le respondió.

—Siempre te conformas con tan poco —bromeó él, elevándose sobre ella para separar sus muslos.

No le había dicho explícitamente que la hiciera suya, pero Román había comprendido que necesitaba ser poseída, sentirse de nuevo completamente de ese hombre fuerte y al mismo tiempo cariñoso.

—Quieres que... —Selene no había pensado que él pudiera desear otra cosa antes de penetrarla.

La besó, tapándole la boca, y entró suavemente en ella. La pelvis de Mr. Hielo conocía el camino, sabía dónde empujar y cómo hacerla enloquecer de placer mientras se volvían uno.

—Yo también lo necesito —le confesó él—. Follarte me da la sensación de que puedo dominarte.

Llegó hasta el fondo, luego volvió a empujar. Selene tuvo cuidado de no aferrarse de los hombros de Mr. Hielo. Por más que estuviese tentada de dejarse llevar por la pasión, no quería hacerle daño. Ese vendaje que le cubría el hombro derecho le recordaba cuánto había sacrificado por ella.

—Déjate llevar —la intimó.

—No —respondió, mientras le acariciaba la nuca con dedos temblorosos.

—Hazlo por mí, si me amas.

Un golpe bajo. Ordenarle que ignorara las gasas que envolvían el hombro herido, no hubiese servido para hacerle cambiar de opinión, estaba jugando sucio.

—Si me amas, no me pidas algo así —replicó ella.

Los ojos de Román la amaron. Sus miradas se perdieron una en la otra. Selene adoraba ese verde brillante, nunca dejaría de venerar todo de él.

Mr. Hielo usó su brazo izquierdo para elevarse y hundirse en ella. Selene gimió de placer ante esa embestida y respondió al movimiento.

Fue a su encuentro. No podía permanecer inmóvil dejándose poseer. Cuando movió las caderas para permitir que se deslizara mejor dentro de ella, Román gimió y reaccionó con una embestida más violenta.

—Sí —lo instó ella.

Lo quería todo, sin frenos. Mr. Hielo apretó los dientes y colocó también su segundo brazo sobre la cama, pero Selene no aceptó ese esfuerzo e intercambió sus posiciones.

Se giró de lado y él tuvo que seguirla para no salirse. Se encontró sobre ese maravilloso ejemplar de hombre.

Román estaba apretando los ojos para soportar una ola de sufrimiento, así que Selene aprovechó la oportunidad para aferrarse a sus caderas y moverse sobre la erección.

—Te estás poniendo viejo —lo provocó.

—No creas que eso cambiará algo. Incluso de viejo te follaré duro.

La broma, sin embargo, no hizo reír a Selene, que vio que las mejillas de Mr. Hielo palidecían demasiado.

—Lo siento, no debería moverme tan bruscamente. Perdóname. —¡Dios, qué estúpida! Se inclinó sobre él y lo besó, suplicándole perdón por haberle hecho daño. Román, sin embargo, se movió debajo de ella, deseoso de retomar desde donde lo habían dejado.

Estar sobre él y poder moverse a voluntad exaltaba a Selene, le daba un nuevo poder. Desde que se habían conocido mejor, en Italia, había descubierto que Mr. Hielo amaba experimentar en el sexo y jugar, no solamente intimidar y ser dominante.

Comenzó a hacer fuerza en sus rodillas para moverse sobre él. Arqueó la espalda para darse el envión necesario y empezó a frotarse hacia adelante y hacia atrás.

Román mantenía los ojos cerrados. Este completo abandono la asombró.

—Sigue, así, sí —murmuró y ella se sintió urgida a aumentar el ritmo.

Se movió más rápido, alternando sus lánguidos movimientos con una verdadera cabalgata. Lo sentía dentro, no era la primera vez, pero Selene parecía estar a punto de perder la cabeza y de ser arrasada por él como si nunca hubiese sucedido.

Se empecinaba en querer cada vez más, más a fondo, a pesar de que no podía hacerlo porque había un límite natural. ¡Como odiaba no poder ser verdaderamente un todo con él!

El placer aumentó. Selene se corrió, tomada con la guardia baja, cuando él se movió para hundirse en su interior. No se esperaba que se empujara a fondo para acoplarse a ella, por lo que el placer fue inesperado y total.

Partió de sus muslos y se extendió por todo su cuerpo, paralizando su mente. Fue una explosión que la sacudió, debilitándola.

Román la acogió entre sus brazos mientras se dejaba abrumar por el goce. También él se corrió poco después, Selene lo sintió pulsar en su interior y comprendió que la estaba invadiendo con su semen.

Un niño, pensó, le encantaría tener un lindo niño, completamente igual a su Mr. Hielo.

Con ese pensamiento el placer terminó y ella volvió a derrumbarse sobre él.

—¡Oh Dios! —notó poco después.

Se había apoyado en su hombro derecho. Rodó a su lado, experimentando una sensación de vacío cuando salió de ella, y lo miró a la cara para ver si estaba bien.

—No soy un enfermo terminal —se quejó—. Me gusta tenerte encima.

Selene comprobó que la venda estuviese firme en su sitio y que no hubiese nada raro. Román se rió entre dientes cuando vio la preocupación en su rostro.

—Nadie se preocupa tanto por mí —afirmó.

—No es cierto —Estaban sus abuelos, a quien le importaba, Irena y Antonin.

—Soportarme es duro, Selene, ¿no es cierto? —Se incorporó sobre el codo izquierdo y la observó.

Bueno, era un tipo insoportable y un exagerado por naturaleza pero Selene podía aceptarlo. A veces sabía hacer a un lado su mal carácter para sorprenderla pero sobre todo para protegerla.

—Nunca olvidaré lo que hiciste por mí —le respondió.

—¿Eso significa que no me soportas, pero que estás conmigo porque lo tengo grande? —la provocó.

Le dio un golpe en el hombro derecho y Román gimió de dolor.

Idiota. Un completo idiota.

—No, estoy contigo solo por tu dinero —lo corrigió.

Envolvió su brazo sano alrededor de ella y Selene se acurrucó contra él. Besó su cabeza y nunca antes como en ese momento se sintió en casa. Nunca nadie volvería a hacerle daño ahora que Román estaba con ella.

—Pensaba que era un hombre apuesto, atractivo —murmuró.

¿Era en serio?

—Román, tú eres un hombre atractivo —Mejor dicho, un hombre espléndido. Selene no sabía a quién agradecer el regalo que le había sido hecho.

—Y entonces, ¿por qué quieres mi dinero? —le preguntó.

Selene le lanzó una mirada asesina. ¡Solo estaba bromeando! Por su sonrisita comprendió que se estaba burlando de ella. Estaba relajado, era él mismo, y eso la calmó. Quería que Mr. Hielo fuera feliz.

—Realmente haría cualquier cosa por ti. No sé cómo hacértelo comprender —susurró contra su pecho.

Creía que no la había oído, porque apenas lo había murmurado, sin embargo él la sorprendió una vez más.

—Ya lo has hecho, por eso te amo —le dijo—. No has tenido miedo de lo que soy.

Se abrazaron con fuerza, sin hablar más. Selene pensó en el anillo que le había dado, en lo inútil que era una joya como esa en comparación al hombre que la sostenía entre sus brazos.

La somnolencia fue a visitarla. Antes de arrastrarla consigo le habló de un comienzo difícil pero de un final especial, donde ellos dos compartían la vida y formaban una verdadera familia.

No le interesaba dónde, lo importante era estar con él. Había obtenido su "para siempre", con un príncipe que era un mafioso ruso pero, en definitiva, se trataba de detalles irrelevantes.

Selene lo amaba. El resto no importaba. Dejaría los juicios a los respetables y a los moralistas que nunca habían conocido el amor.

—¿Pero cómo hiciste para llegar a mí? Estabas herido, había llamado al ciento dieciocho… —murmuró con los párpados pesados a causa del sueño.

—Tengo mis métodos eficaces para recuperarte —respondió —. Nunca lo dudes, siempre llegaré a ti.

Selene se durmió, soñando con el feliz futuro que les esperaba a ambos.

EPÍLOGO

Corrió con sus maletas para alcanzarlo. Román estaba hablando con un hombre fornido y de aspecto desagradable, posiblemente uno de los que lo habían ayudado a encontrarla.

Se despidió de él y fue a su encuentro.

—¿Me abandonas? —lo acusó.

Le habían colocado un vendaje de contención en el brazo, para sujetarlo contra su pecho. La enfermera que lo seguía se había quejado con él por los excesivos esfuerzos a los que se sometía y que impedían que la herida tuviese una sana cicatrización.

Selene se había sentido algo culpable. Habían hecho el amor durante días en esa habitación de hotel. Habían alternado el sexo con visitas turísticas por Milán y sus alrededores.

—Solo estaba hablando con un amigo —se excusó él.

—¿Qué clase de amigo? —quiso saber.

—Mh, uno de esos con los que tuve que resolver un pequeño y engorroso asunto.

Selene ya imaginaba cuáles eran los pequeños asuntos que ocupaban a Mr. Hielo.

—¿Acerca de? —sintió curiosidad.

—Tuve que pagar para hacer que la mafia italiana dejara de buscarte.

Selene se congeló cuando le reveló ese detalle. Sujetó su brazo izquierdo y lo obligó a detenerse. Román enarcó las cejas, asombrado por esa repentina reacción.

—¿Quiere decir que no se habrían rendido? —soltó.

—Sí, Selene, son personas que no se rinden cuando su deudor muere. Le habrían pedido ese dinero a tu madre.

Había visto a su madre. Le había presentado a Román. Juntos le habían explicado lo que había sucedido. Al comienzo había llorado, luego se había quedado en silencio y había intentado comprender la situación.

Decía que estaba feliz por ella pero Selene definitivamente había visto morir algo en su madre. Ese amor que desde siempre la había unido a su padre había sido solo una ilusión, una mentira. Realmente no lo conocía en absoluto después de todos esos años de matrimonio. Había tomado su mano y le había deseado que fuera feliz. Sí, Selene estaba convencida: sería feliz.

—Gracias —le dijo entonces, sabiendo que pocos hubieran hecho algo así por ella.

—Te amo, pequeña luna, por ti renunciaría a todo mi patrimonio. El sexo es un excelente modo de agradecerme, si quieres saberlo —dijo al tiempo que reía socarronamente.

Selene con gusto le habría dado un buen puñetazo en el hombro herido pero desistió porque la enfermera le había recomendado no excederse.

—¿Puedo saber cómo hiciste para encontrarme cuando entré a Italia? —le preguntó.

Román besó sus labios y se dirigió a la boletería.

—Te había dado un móvil. ¿Recuerdas? Fue sencillo —respondió.

Selene recordó el móvil que había colado en el bolsillo de su abrigo y agradeció no haberse deshecho de él cuando había estado tentada de hacerlo. Lo esperó junto a los monitores de las partidas.

Una rubia de aspecto familiar se le acercó. Selene no hizo caso, pero la mujer se detuvo a su lado, por lo que tuvo que mirarla.

Tatia. Era ella. Estaba allí. Le lanzó una mirada rencorosa pero Selene la ignoró, prefiriendo observar fijamente la elegante espalda de Mr. Hielo. Ciertamente era más atractivo que esa arpía, Miss Perfección, que se había revelado por lo que era.

—Sin rencores, espero —dijo.

—Solo intentaste venderme a la mafia italiana, revelando que estaba de regreso —le recordó Selene—. Imagínate, nada grave.

Una cosita de nada. Selene dirigió su atención a ella. Vestía con un traje elegante de color crema. El cabello rizado y suelto sobre los hombros la hacían aún más fascinante que de costumbre: una mujer extranjera completamente absorbida por el deseo de triunfar.

Observó luego su atuendo: jeans y camiseta. Por fortuna Mr. Hielo se había enamorado de ella. Eso le bastaba para sentirse la mujer más hermosa del mundo.

—Quería quitarte de en medio. Después de todo, lo amo —admitió Tatia.

—Jugaste sucio —señaló Selene—. Realmente sucio. No me diste posibilidad de luchar en igualdad de condiciones contigo.

Román pagó con su tarjeta de crédito y regresó con tres boletos. Entonces volarían de regreso juntos. Mr. Hielo le había dicho que prefería un vuelo de regular al avión privado con el que había llegado a Italia. Selene ahora comprendía el motivo: no quería que estuvieran a solas. Sin dudas habría intentado estrangular a Tatia.

—¿Quieres jugar de igual a igual, pequeña luna? —la desafió.

Selene no podía creerlo. Parpadeó con incredulidad al oír el apodo que Román usaba con ella. Era íntimo, solamente de ellos, y en la boca de la mujer era despectivo. Estaba fuera de lugar.

La miró directo a los ojos, la barbilla en alto y no mostró tener temor de ella. Miss Perfección había perdido la guerra.

—¿Quieres apostar? —atacó Selene—. Él ahora es mío.

Agitó el anillo de compromiso bajo su nariz.

—Eso aún está por verse —gruñó el mastín con traje.

—No, ya no. Perdiste. —Selene caminó hacia Román y lo tomó del brazo, posando su cabeza sobre él.

Miró a Tatia y la desafió a que intentara separarlos nuevamente. Ya nadie podría hacerlo. Nadie.

AGRADECIMIENTOS

Cuando llega este momento, entro en crisis. Sé a quién debo la voluntad y la pasión de escribir esta novela: a quien me lee. Así que, nada nuevo. Te agradezco a ti, que has llegado hasta aquí, por haber leído esta novela, y agradezco también a quien me ha contactado diciéndome que *Podría morir de ti* le ha gustado (o no le ha gustado) porque me ha hecho sentir importante. Después de todo, creo que lo más lindo para un escritor es tener lectores esperando el lanzamiento de su próxima novela, incluso aunque lo hagan con el deseo de destruir su contenido. Me ha sucedido, incluso sin ser una escritora conocida y, quizás, ni siquiera una escritora con todas las letras, sino solo una apasionada por la escritura.

Muchos me preguntan cómo hago para escribir tanto. En realidad, disfruto mucho escribiendo, eso es todo. Me divierte. No estoy corriendo para llegar a ningún sitio. He comprendido que aspiro a mejorarme a mí misma: yo quiero escribir.

Me confieso con vosotros lectores, en este espacio, porque siento que puedo hacerlo, al fin y al cabo, sois vosotros quienes me apoyáis. Cuando un escritor se autopublica, se encuentra inmerso en un espiral de competencia y odio que inevitablemente lo lleva a sentirse obligado a sentirse mejor de acuerdo a su posición en la clasificación o, incluso, a pensar que puede señalar con el dedo a otros escritores y a su modo de escribir. Muchos están tan cegados luchando por una posición en la clasificación o por hacer un moralismo increíble que no conduce a nada, más que a la destrucción de una persona.

No daré nombres, pero tenéis que saber que lo he experimentado de primera mano, en carne propia. Os pido a vosotros, personalmente y con el corazón, a vosotros que sois mis lectores: **no dejéis que me convierta en alguien así.**

Hasta ahora me he mantenido bien apartada de esa realidad, pero no es fácil. No es fácil. Se vuelve algo que te afea por dentro. ¿Podéis comprenderme? Te vuelve esclavo de un mundo donde lo que cuenta es superar a los demás, apuntar hacia lo alto.

Vosotros sóis mis lectores, habéis leído Podría morir de ti, habéis leído Quisiera vivir de ti, tal vez también Lezione di Carne y Un romanzo per Amarti. A vosotros os pido este favor: hacedme una mejor persona, una que realmente disfrute escribir.

¿Cómo? En realidad, ya lo estáis haciendo. Os ponéis en contacto conmigo, me apoyáis, respondeis a mis estúpidos estados de Facebook, me enviáis correos electrónicos, os presentáis y me contáis de vosotros, de vuestros problemas, de vuestra vida. Hacéis que comprenda que en este mundo algo apartado de la realidad, hay seres humanos, no rankings.

Por todo ello, gracias. Este es mi agradecimiento. Hecho con el corazón.

Índice

www.ingramcontent.com/pod-product-compliance
Lightning Source LLC
Chambersburg PA
CBHW032016150726
47990CB00005B/1987